U0925312

华文微经典

中国微型小说学会
世界华文微型小说研究会
主持

周粲

咖啡喝到一半

四川出版集团 四川文艺出版社

图书在版编目（CIP）数据

咖啡喝到一半 /（新加坡）周粲著．-- 成都：四川文艺出版社，2013.3
（华文微经典）
ISBN 978-7-5411-3668-9

Ⅰ．①咖… Ⅱ．①周… Ⅲ．①小小说－小说集－新加坡－现代 Ⅳ．①I339.45

中国版本图书馆 CIP 数据核字（2013）第 031605 号

华文微经典
HUAWEN WEI JINGDIAN
［世界华文微型小说经典］

咖啡喝到一半

KAFEI HE DAO YIBAN

［新加坡］周粲 著

选题策划 时上悦读
责任编辑 李淑云
封面设计 所以设计馆

出版发行 四川出版集团 四川文艺出版社
社　　址 四川省成都市槐树街 2 号
网　　址 www.scwys.com
电　　话 028-86259285（发行部） 028-86259303（编辑部）
传　　真 028-86259306
读者服务 028-86259293

印　　刷 北京山华苑印刷有限责任公司
开　　本 650mm × 920mm 1/16
印　　张 13
字　　数 120 千
版　　次 2013 年 4 月第一版
印　　次 2014 年 1 月第二次印刷
书　　号 ISBN 978-7-5411-3668-9
定　　价 22.00 元

版权所有，侵权必究。如有质量问题，请与出版社联系更换。

Chinese language
tiny classical
华文微经典

“华文微经典”编辑委员会

总主编　**郑宗培**
主　编　**凌鼎年**
策　划　**滕　刚**

编　委（按姓氏笔画排序）
石　鸣　刘海涛　江曾培　郑宗培　郑允钦
凌焕新　凌鼎年　黄孟文　滕　刚

编辑部主任　**孙学良**
编辑部副主任　**黄　棋　刘莉萍**
特约编辑　**李建波　郝慧敏**

作者简介

周粲，原名周国灿，笔名丘陵、周心翔，男，祖籍澄海。新加坡著名诗人。1951 年往新加坡，毕业于南洋大学，获文学硕士学位，先后任中学教师、教育学院讲师，教育部华文顾问。著作有《千年之莲》《掌声响起》《迷路的童年》《捕萤人》《恶魔之夜》《制造春天》《微型小说万花筒》《磁化人》《摩登逃难记》《踪迹》《落叶季节》《山中岁月》《雨在门外》《只因为那阳光》《书林小品》《都市的脸》等。

前言

有人曾说，地不分东西南北，凡有人类生活的地方，就有华人的身影。话虽有玩笑的成分，但当前华人遍布世界各地，却也是不争的事实。扎根世界各地的炎黄子孙，他们的生活状况如何？他们的情感世界怎样？他们的所思所想何在？……要找到这些答案，阅读他们以母语写下的文字无疑是最好的方法之一。诚然，并不是有华人的地方就有华文创作，但在一些主要的国家和地区，华文创作几十上百年来一直薪火相传所结出的果实，显然也是令人瞩目的。遗憾的是，因为多种原因，国内的读者多年来对海外的华文创作了解甚少。尤其对广布世界各地的华文微型小说这一重要且具代表性的文体，更只是偶窥一斑而不见全貌。“华文微经典”丛书的出版，可谓弥补了这一缺憾。

海外的华文微型小说创作，主要分为东南亚和美澳日欧两大板块。两大板块中，又以东南亚的创作最为积极活跃，成果也更为突出。东南亚华文微型小说创作兴起于二十世纪八十年代初，各国在时间上又略有先后。最早开始有意识地从事微型小说的创作，并且有意识地对这一新文体进行探索、总结和研究，而且创作数量喜人、作品质量达到了一定艺术高度的，是新加坡和马来西亚；稍后于新加坡和马来西亚的是泰国，再后是菲律宾和文莱，再后是印度尼西亚。在发展过程中，各国的创作曾一度因具体的历史原因而存在较大的差距，但这一状况在近十年来正日益得到改善。

美澳日欧板块则因创作者相对分散，在力量的聚集上略逊于东南亚板块。不过网络的发展正在弥补这一缺憾，例如新移民作家利用网络平台对散居各地的创作进行整合，就已显现出聚合的成效。

新移民的创作是海外华文微型小说创作中近十多年来涌现出的一股新力量。尤其是近年来随着作家对当地文化和生活的日渐融入，其创作已日渐呈现出新视野，题材表现也开始渐渐与大陆生活经验拉开了距离，具有了海外写作的特质。

以上是对海外华文微型小说发展的一个简单梳理，而“华文微经典”丛书的出版，正是对这一梳理的具体呈现（为避免有遗珠之憾，丛书也将有别于中国内地写作的港澳地区的华文微型小说写作归入其中）。通过系统、全面、集中的出版，读者不仅可以得见世界范围内华文微型小说创作风姿多样的全貌，更可从中了解世界各地华人的文化与生活状况，感受他们浓郁的文化乡愁，体察他们坚实的社会良知，深入他们博大的人文关怀，触摸他们孜孜不懈的艺术追求。书籍的出版是为了文化和文明的传播与传承，我们希望这一套丛书能实现一些文化担当。我们有太长的时间忽略了对他们的关注，现在是校正这种偏差的时候了。这也正是丛书出版的意义和价值之所在吧。

目录

木箱子之战……1

荒岛末日……4

貔貅……8

锁……12

在火车上……15

声音……17

梯子……20

处罚……23

篱笆……27

儿子回家了……30

搬……32

让位……36

辞职……40

王师傅……43

聘书……46

吊灯……49

夜归……54

鼾声……57

龙井茶……60

祝你生日快乐……63

龙城……66

希腊女神……69

点穴……72

戏……76

家事……81

在淮海路上……85

家丑……88

抱狗的妇人……91

婚礼……94

玫瑰……97

保留座位……100

楼梯……103

条条小路……106

投诉……108

在考场里……110

朋友的朋友……112

征兆……115

光明正大……118

咖啡喝到一半……122

百种人……126

变数……129

难以启齿的事……133

寻宝游戏……136

瓷塑达摩……139

一串钥匙……142

只是一刹那间的事……145

刘彬的女儿……150

乌鸦……153

星星……156

你怎么啦？……159

计划……162

五个手指头……165

教唱歌的皮老师……169

大歌星的小故事……172

神经有问题……175

珠的故事……178

一桌的老朽……180

附录……183

木箱子之战

我已经决定从今天开始，在店铺前面再加放一排木箱子了。

我是经过深思熟虑，而不是仓促做出这个决定的。

我做出这个决定，基于以下这几个原因：第一，在我的店铺左右和前面的那些店铺和摊位，都早已在原定的摆卖面积之外加放了两排木箱子了。

他们既然可以这么做，我为什么不能也跟着这么做？不这么做，吃亏的还不是我自己？所谓“君子不吃眼前亏”，我为什么要吃眼前这个亏？反正大家都是做生意的，你想做生意，难道我就不想吗？我可没那么笨！前些日子，他们一个个不声不响地就先后在自己的店铺和摊位前面加放木箱子，谁也不通知我一声，他们实在太自私了。和这些人做邻居，真是倒了八辈子的大霉！

第二，那些到我们这个市场来买东西的顾客，也的确莫名其妙。当我们这里还没有人加放木箱子的时候，我就时常听见他们一边走一边埋怨，说这条两旁都是店铺和摊位的路太狭窄了，使他们走起来觉得拥挤，不舒服；但是现在，路比原有的狭小了一半以上，他们还不是继续到这里来买东西，也仍然走得过去。他们只是不多说两句废话，心里就不痛快罢了。

第三，前两次，我都是只跟屁虫，别人先加放木箱子，我才跟着加放。这一次，我应该先发制人。虽然这么放，将会使道路（其实要叫做过道才对）变得更狭小，而且弯曲，但是蛇行的话，还是走得过去的。我试过了，只要把手里提的大包小包的东西拿高一些就行，不必担心这样会使顾客嫌麻烦而把顾客赶跑。如果真的必须担心，那也不限于我一个人，其他的人不也一样。

第四，虽然我店铺里的货物种类并不算多，还不就是咸鱼、虾米、咸菜、葱头、蒜头什么的，按理不加放木箱也可以，但是别人不也简简单单的只卖几样东西吗，却将木箱子摆了一大排，结果内容重复又重复。比方那水果摊，摊主除了橙啦，苹果啦，蜜瓜啦，梨子啦，柿子啦，香蕉啦，还能拿出什么？却不知羞耻地把木箱子一个又一个地往前面摆！别人懂得要充门面，我难道就不懂？我吃米又不比别人吃得少！

总之，强敌当前，而且两面夹攻，看来这一场木箱子之战，是避免不了的了。我乐意息事宁人，也主张多一事不如少一事，但是更明白“马善被人骑，人善被人欺”的道理。

我已经做好了心理准备，必要的时候，我会奋勇应战的。

大家等着看热闹好了。

荒岛末日

我实在没有料到会有这样的结果。

我只感觉到：这个我们居住了不知道多少代的小岛，到了最近，竟然一天比一天寂静了。

最令我念念不忘的，应该是前些日子，小岛上那些以捕鱼为生的居民还没有离开，当他们捕鱼归来时，渔船一靠岸，远远地，我便听到呼喊的声音了。于是，不管我是不是哈欠连连，我都会一下就跳下屋檐，一冲就冲到沙滩上。一方面是看热闹，一方面是看看地面上有没有掉落的小鱼、小虾，让我好好地吃一顿。

但是现在，这一切都烟消云散了。人不见了，渔船也不见了。小鱼小虾，当然也没得吃了。

早在几个月前，有一天，在屋顶上追麻雀的时候，我就无意间听主人说："我们这个小岛，不久之后就要被什么政府拿来作为堆放垃圾的地方，所以小岛上的几十户人家，都必须陆陆续续搬到一海之隔的城市里去。”主人还说，他们这一家也非搬不可，虽然他们都很喜欢这个小岛，也很满足于目前这种简朴而又无忧无虑的生活。当时我最关心的是：主人一家搬的时候，是不是也会把我带走？

我记得，大约一个月前吧，当红毛丹树下那一家邻居搬走的时候，他们家的阿黑就跟着走了。我真受不了他们出发时，它从小主人的怀里投射过来的骄傲的眼光。另一家，也就是园地里种了两棵芒果树的那一家的小花，可就没那么幸运了。主人一家六七个人都走了，却把它留了下来。那天下午，小花叫得很伤心；到了夜里，它好像还在哭哭啼啼的。

接下来的好一段日子。我再也没有见到它，不知道它究竟流浪去了呢，还是活活饿死了？再没有人养它、照顾它，活活饿死，是可想而知的事。

当时，我并没有想到：我的命运，居然跟小花相同。主人一向待我还算不错，一日两餐，从来没有短少过我的，但是到了离开那一天，却把我当作废物一样，一丢了之。我紧紧地跟到岸边，而且不停地哀求着，希望打动主人的心，哪知道一点儿用处也没有。浪花声中，我面对大海，痴痴地望着摩托船越开越远，越远越小，一直到它完全看不见了，才悻悻离去。那一夜，我失魂落魄，翻来覆去，总是睡不着。

从那一天开始，我便过着形单影只的生活。其实，对我来说，寂寞还不是最大的问题，最大的问题是饥饿。起先，我和几只比较常见面的同类，还可以到人们常丢弃垃圾的地方翻翻搅搅，碰碰运气，看看是不是有什么东西可以吃，但是几天下来，垃圾一直维持原状，我们就知道大家所担心的一个事实终于发生了：整个小岛，如今再也没有一户人家了，所有的人都走了！换句话说，这个现在我们还在晃晃荡荡的小岛，已经是一个无人居住的荒岛！天哪，我和我为数有限的同类，竟成了荒岛上被遗弃的、自生自灭的一群。以后的日子，将怎么度过呢？等待着我们的，不就是饥饿、疾病和死亡吗？

一天，我见到有一面之缘的老灰，我问它："你们家还有老鼠吗？"

老灰苦笑一声："要是有老鼠就好咯！不瞒你说，我最后捕捉到老鼠那一次，已经是一两个月前的事了。如果我猜想的没有错，我们这个只剩一些破屋子、而没有一个人居住的小岛，现在恐怕连一只小老鼠也找不到了。吃老鼠？想得美呢，我饿得昏了，连蜗牛都吃！"

听到这里，我对自己在几天前一口气吞下几粒掉落的、有点腐烂的红毛丹这件事，便再也不觉得惭愧或者羞耻了。活命要紧呀！

最惊心动魄的是昨天夜里，我饥寒交迫，路经一条树影幢幢的小径，发觉海风过处，一股叫我作呕的异味也跟着吹了过来。黑暗中，影影绰绰的，好像有什么动静。我很好奇，便支撑着瘦骨嶙峋的身体走过去看个究竟。我的妈呀，原来是几只我的同类，正在撕咬另一只同类的尸体！再看清楚时，我更倒抽一口冷气：许多张血肉模糊的脸中，居然有一张是我的老邻居小花的！

我舌头打结地："小花，怎么你……"

小花显然吃了一惊，它抬头望了我一眼，不说一句话，便一个急转身，溜走了。

我知道它心里怎么想，我了解它的处境。

其实，我自己的处境又好得了多少呢？我只是还能够再忍耐一下饥饿之苦，同时也狠不下心来像小花那样，也冲上前去，在尸体上咬一口罢了。因为我还没有昏了头，发了狂；我想做的事，是向大海呐喊。

但是这种冷静的心境，能够维持多久呢？我不知道，我实在不知道。

我只是一只猫。

貔貅

“我姓金，金银财宝的金，大家叫我小金也好，老金也罢，都无所谓。最重要的是，大家高高兴兴地出来玩，回去之后，最好能发一笔财……”说话的是金导游。我们一行十多个人，就由旅行社安排他带着，开始了四天三夜的台北购物温泉游。我和内人之所以会参加这一次的旅游，主要是因为算一算，我们好一阵子都往中国大陆跑，已经有二十多年没再踏上台北的土地了。总觉得阔别如此之久，再去看看也好。中国的城市，比方北京和上海，变化神速，每次造访，都看得眼花缭乱。台北的变化，应该也是料想中的事吧。

结果我们就在金导游的带领下，参观了中正纪念堂、忠烈祠、台北“故宫博物院”、九份、北投温泉、士林夜市等。我们发觉台北市容的改变显然没有中国大陆大城市那么大；当然，那座叫101的高耸建筑物，的确叫人耳目一新。

另一点是：在中国大陆，不管在什么地方旅行，只要是参加旅行团，总会天天被导游牵着鼻子，去他要我们去而我们不一定想去的地方。我们都不愿意有不切实际的消费，也不肯浪费本需分秒必争的宝贵时间。我们不想让医师免费把脉诊病，对真假珠宝首饰丝绸茶叶的诚惶诚恐之心也一次比一次强烈。所以相形之下，金导游或者他所代表的旅行社的安排，就令我们十分满意。两天下来，我们参观的全是行程表上列明的著名旅游点，没有任何插队的购物和“增加常识”的活动。

说到金导游，大家普遍的印象是：论外表，他戴金边眼镜，斯斯文文，极富中年男士的风范；论学识，他比一般的陪同有过之而无不及。他有问必答，而且口若悬河。尤其是关于风水，他能一口气讲很多个跟这方面有关的故事。记得他第一次提到风水，是在我们游了“故宫”之后。

“你们刚才看了那么多东西，认为有哪几样是印象最深的？”金导游一上车就问。

“三层肉，三层肉……”一名旅客抢着回答。

“对了，”金导游说，“那的确是一件人间珍宝。它跟真的肉简直一模一样。你们有机会亲眼目睹，实在是大开眼界。”

也有旅客提出共同的看法：“那棵白菜也跟实物没有差别。”

“是的，”金导游说，“特别是上面的那只草虫，栩栩如生，真的是巧夺天工。还有，大家有没有注意到展示柜里的灵异动物貔貅呢？”

大家都说“有”。其实，在下车参观之前，金导游已经大略地提起这一对珍藏品了。他说貔貅就跟龙啦、麒麟啦、凤凰啦一样，事实上是不存在的。貔貅还有雄、雌之分，雄的叫天禄，雌的名字被台北市的车声掩盖住了，我听不清楚，过后也不去管它，没兴趣特别向金导游打听。不过金导游再三强调了一点：这种在古书《广韵》上也出现的猛兽，是没有肛门的。他还问：“你们知道没有肛门表示什么吗？”在众人都大摇其头之后，他慢条斯理地说：“那就表示有进无出。财源广进，进去之后，就不再跑出来了。你们想，这样多好啊。这也就是说有了这种吉祥物的保佑，肯定能够发大财。不过并不是一有了这种吉祥物就能带来财运，还要注意两方面，一是摆放在家里的位置，这就牵涉风水的问题了。”

“那么另一方面呢？”一名旅客迫不及待地问。

“另一方面也很重要，就是在有幸得到貔貅之后，要请专人念经。这种情形，就像一串佛珠、一个佛牌、一尊佛像要由高僧开光一样；否则，它们只是一件普通的工艺品，一点都不灵验。”金导游扫视了一遍车上张大嘴巴的听众，意味深长地接着说：“其实外面一般的工艺品商店可能也找得到貔貅，拿起来一看，像龙而没有鳞片，像狮子而脚上却缺少毛，确是这种能够镇凶化煞的法物，但是如果就这样冒冒失失地买回去摆放，不但不能化吉，反而会逢凶。这一点，非小心谨慎不可。”

当时我私底下还在琢磨着，如果以后有机会在地摊上看到，一定要买一对回家去。现在听了金导游这一番告诫，只好打消这个自以为很聪明的念头了。

区区数日游，转眼就到了临结束的时候。就在我们准备跟金导游说再见的前一天，吃了午餐，去看了因蓝绿两政党在选票上起争执而引起的示威之后，原以为旅游车将开回旅店去，哪知却开去了一个事先未曾向我们交代的地方。停车时，我定睛一看，是一家商店。金导游提高嗓门：“为了给诸位提供方便，我特地带诸位到台北一家貔貅的专卖店来。现在请下车，尽情选购吧。”

锁

当他表示要到中国的千岛湖去旅行时，她立刻以妻子的身份提出了意见："喂，你忘了好几年前，那里发生过凶杀案吗？

"谁说我忘记了？"他接着说，"那可是当时的一则大新闻呢。"

"那你为什么还选这个地方？"她不解。

他解释了："那只是突发的个案，是孤立的事件。再说，都过了这么长一段时间了，不会有事的。"

其实他是看了旅游方面的书，对这个半新不旧的旅游点产生了兴趣。他想知道，本来是一处有无数山峦的地方，怎么就变了样。山峰变成了岛屿，而注入群山之中的水，又化成了好大好大的一个湖。后来他还知道，所谓"千岛"，并不是泛称，而是的确有大大小小的岛超过一千个。其中较大的岛，还发展成各式各样的旅游区。比方他们去的其中一个岛，叫鸟岛，养了多种禽鸟；而另一个岛，则是养大头鱼的，都略有可观之处。只是到了一个叫锁岛的地方一看，他和她，这一对惯于吹毛求疵的夫妇，真的被吓了一大跳！这不就是美丽的黄山上一个挂了无数所谓情人锁的角落明目张胆的翻版吗？这个锁岛，规模当然更大，既有锁的博物馆，又有悬于各处一串又一串的大小不一、形制各异的锁头。“形”是叫人触目惊心的一点，另一点是锁头映入眼帘的花花绿绿的颜色。更有一点，是一个巨形锁头的塑像。看它一眼之后，他就再也忘不了了。

至于对整体的千岛湖而言，它还是很值得一游的。当小船在岛与岛之间的水面上行驶的时候，他禁不住会联想到在旅游曼谷的水上市场时，小船在长长的水道上缓缓滑行的情形。那不愧是一种令人难舍的享受。而当他站在一座建筑物的高处极目眺望的时候，他也被眼底数不清因为远距离而缩小了的岛屿构成的图形所吸引。它既是一幅画，也是一张立体的地图——奇特的地图。

于是他想：人的审美观，如果像大自然本身，在未经人工雕琢前一样，那已经是尽善尽美了；问题是在这个神州大地上，太多太多的景观都被浅薄而又庸俗的人所丑化了。多可惜啊！

对他而言，最糟的是：每每远游归来，他总是不无遗憾。尤其是见了锁岛之后，他常常做噩梦。梦见自己被那个大锁塑像套住了颈项，任由他怎么动都摆脱不了，而那一串串迎风叮当作响的小锁头，则像大佛珠一般，强挂在他身上，环绕在他的手腕和小腿上，使他喘不过气来，连举步也艰难。他呼叫着，且吓出了一身冷汗。

在火车上

坐火车，本来不算是一种不愉快的经验。当火车在广袤的大地上轰隆轰隆地移动时，我们正可凭窗远眺，从容地把沿途的景色收入眼帘；但是在中国大陆坐火车，痛苦的经验多过于愉快的经验。比方有一次到安徽去，便足足在火车上站了四个小时！虽然这是发生在多年前的事，我也知道买了票，并不等于有位子坐。有些喜欢耍流氓的搭客不是从小门进入火车，而是从窗口进入火车的！那些人霸占了座位，你跟他们怎么理论都无济于事。

这一次我们从包头坐火车要到西安去，我心里就一直想着，不知道又会碰到什么不想碰到的事。

在内蒙古那几天，扮演导游角色的是蒙古族的青年小张。我们每个人对他都很满意，而且嫌跟了我们好多天的全陪小李无所事事，是个又懒又不负责的家伙。没想到小张一跟我们说“再见”，小李立刻脱胎换骨，判若两人。他什么都做，包括替一些老弱的团员提笨重的行李。虽然如此，我个人对于搭火车，还是存有“抢”的心理；所以一到了站台，尤其是一上了火车，便紧紧张张，带有若干逃难的味道。小李告诉我，我和妻的车厢是12号。我远远地瞥见那个数目字，便奋力挤过人群，勇往直前。到了一扇开着的门口，便冲了进去。哪知里头已经有了一个人，他竟然头也不抬地在放置自己的行李。

“真是无赖！”我心里骂了一声，摇了摇头，表示：“这个人也真是的，想捷足先登吗？”我更认定这个世界是一个弱肉强食的世界，要在这个世界里生存，最重要的是不要向对方示弱。人善被人欺，马善被人骑嘛。于是我示意妻把手中的行李往空着的铺上放。行李放在哪一张铺上，哪张铺就是我的了。这道理，恐怕谁都不敢有异议吧。

就在这时候，门口出现了小李的一张脸，说：“你们在这里干什么？这个车厢是11号，不是12号。”

天哪，原来刚才匆忙之间，我们把号数搞错了！

“怎么办？”妻问。

“还能怎么办？当然火速撤退啦！”我踉踉跄跄地提起行李，夺门而出，连一声“对不起”都羞于说出口；而妻则紧跟在我后头，只有气力提一件行李，留一件在原来的车厢内。

几秒钟后，我跟11号的乘客撞了个满怀。当时他正提着我妻的行李，微笑着说：“你们漏了一件。”

声音

我问姐姐："是什么声音？"黑暗里，我只隐隐约约地看见她的一双眼睛。

姐姐说："我也不知道是什么声音。"她没有再说话，也许她正好好地在听，等她听清楚了再告诉我。

"爸爸和妈妈呢？"我又问了。我只知道姐姐在我身边，爸爸和妈妈在哪里，我可就不知道了；因为四周实在很暗，暗得几乎什么都看不见。我记得刚才爸爸说他去开灯，却发现电灯已经不亮了。

"我和你妈妈都在这里呢！"是爸爸在说话。听声音，他们离我们并不远。我和姐姐是躲在拜神用的桌子底下的，爸爸和妈妈躲在哪里呢？

问了爸爸，爸爸说："我和你妈妈躲在大床下面。"怪不得，大床不就在我们这张桌子的后面吗？那张大床是酸枝木做的，上面还雕了贝壳的图案。它是休息用的，不是晚上睡觉用的。

我很想到大床那里去，跟爸爸和妈妈在一起，但是爸爸早就吩咐过我们了，说是不要乱动，刚才震天价响，夹杂着门窗破裂掉落的声音，现在一定满地都是玻璃碎片，要是一不小心踏到了，可不是好玩的。

知道爸爸就在附近，于是我问爸爸："爸爸，你听见那声音了吗？"

"什么声音？"爸爸反问我。

"就是那咕噜咕噜的声音。"我说。在我听起来，那种声音的确是咕噜咕噜地响着的，好像打从一个很大很大的声音响过之后，这个咕噜咕噜的声音便没有停过。

黑暗中，爸爸一定也在想我提出的那个问题的答案，但是他最后告诉我的却是："我也不知道。"

其实，我连咕噜咕噜的声音究竟是从什么地方发出来的，也完全无法肯定。它好像离我们很近，又好像离我们很远。它好像就在我们住的这间三层楼的屋子里，又好像在屋子外面的大街上。"会不会是英国军队的铁甲车发出来的呢？日本兵打进我们新加坡来了，英国军队当然要起来抵抗。"这些事情，爸爸已经跟我说过很多次了。刚才爸爸还说："实在没料到战争会爆发得这么快！"

战争应该是几时爆发，我倒说不上来，我只觉得它来得太不是时候了。今晚是农历除夕，那么明天不就是大年初一了？今年的大年初一，我将会有更多姐姐给我做的新衣服穿。穿了新衣，我们一家人就会和往年一样，到处去拜年，拿红包。我们还可以放爆竹，吃很多很多东西。但是现在，什么都完了。想到这里，我暂时忘记了害怕，只感到十分难过。

忽然，我又听见咕噜咕噜的声音。究竟是什么声音呢？

要是现在是白天，我们不是就可以起身看个清楚吗？偏偏现在是晚上，而且是一个没有月亮也没有星星的晚上。

远处或者是近处，好像还有大炮和飞机的声音，说不定连炸弹的声音都有。很危险的，我们不应该乱跑，还是躲在这里最安全。我真恨不得天立刻就亮，天亮了，我就可以站起身来了。

等着等着，天终于微亮了。我和姐姐还没从桌子底下爬出来，就有英国兵跑到我们的屋子里来，找到了我们，而且要我们立刻离开屋子。爸爸问他们为什么，他们指着桌子和大床中间的一个大洞说："有一颗炸弹掉在这里，随时都会爆炸！"

我知道咕噜咕噜的声音是从哪里来的了！

梯子

年轻的爸爸和他的儿子一起在后花园放风筝。小小的园地，小小的风筝。

小小的风筝飞呀飞的，就飞到了墙头上。墙头上的野花，把风筝紧紧地缠住。

于是爸爸说，必须去拿一架梯子来，然后爬上梯子，取下墙头上的风筝。

爸爸要爬上梯子，但是儿子说："爸爸，让我来吧！"

爸爸看了看他九岁的儿子，想了又想，终于说："也好，让你来就让你来。"

猴子一般地，儿子爬到梯子的最高一级了。

儿子转过头来，嘻嘻地笑。他的笑声，像用早晨刚开放的牵牛花吹出来的。

解开了风筝绕在野花上的线，正要下来，爸爸却用一只大手和一个声音制止了他，爸爸说："慢着！"

儿子停住了，望着爸爸，用眼睛问爸爸："怎么啦？"

爸爸说："我先讲个故事给你听了，你再下来。"

于是儿子笑得更开心，他一手抓住梯子，一手拿着风筝，等爸爸讲故事。爸爸讲的故事，没有一次不好听的。

爸爸说："从前有个爸爸，告诉他那个站在一架很高的梯子上的儿子说：你跳下来！你跳下来！爸爸一定会在下面把你抱住。听见爸爸这么说，儿子很放心。就像游泳时跳进水里一样，纵身一跳。哪里知道当儿子就要投进爸爸的怀抱里的前一秒钟，爸爸的身体一闪，站在一边。儿子扑了个空，掉在地上，屁股差一点儿就开花了。哭哭啼啼地站起身来后，儿子问爸爸，为什么要骗他。爸爸说，我要给你一个教训，连你爸爸的话都靠不住，别人说的话，更不必说了。"停了一停，爸爸继续说："我们也来照着做一次好不好？"

儿子一听，脸都变白了。

爸爸说："不要怕，勇敢一点，你只要跳那么一次就行了。我要你留下深刻的印象，免得你以后长大了，容易上人家的当。"

但是儿子显然并没有被爸爸的话说服。他脸上惊愕的表情丝毫没有消退。然而他还是不敢违抗命令。他站在那儿，动也不敢动。

爸爸开始发号施令了："听着啊，我喊一、二、三，喊到三的时候，你就跳下来，然后我就把伸出去假装要接住你的手缩回来，让你跌一个屁滚尿流！”

站在梯子上，儿子的脸像一个还没熟透的橘子。

爸爸喊：“一……二……三！”

咬紧牙根，忍着泪，儿子从梯子上跳下来了。他等待着自己的身体像一个南瓜，“噗”的一声，摔得支离破碎……

儿子虽然不曾受伤，但是他的神情，比刚才还要疑惑。

张大了眼睛，他问：“爸爸，你为什么骗我？”

爸爸笑出声来，说：“爸爸要让你知道：即使是别人的话，有时也是可以信任的，何况是爸爸的话呢！”

所有的玫瑰花，都回到儿子的脸上。他搂住爸爸，不住地吻爸爸的双颊。

爸爸和儿子拉着风筝，向后园的一角跑去。

处罚

拿到宝贝儿子的成绩册之后，做爸爸和妈妈的都很失望，也很生气。

爸爸说："怎么会这样呢？我从来就没听你说宝贝的功课不好。"他盯着妈妈。

妈妈说："宝贝的功课不好，你难道就没有责任？你是爸爸嘛！"

爸爸一时答不出话来，想了一想，他说："反正生米已经煮成熟饭，成绩差也差定了，现在的问题是应该怎么处罚他，给他一个教训。"

"怎么处罚？"妈妈想知道。

爸爸说："那还不简单，打呀！"

妈妈问："打？你舍得打他？打你的宝贝儿子？"

爸爸说："怎么不舍得？不舍得的人不是我，是你！你坦白说，宝贝是不是被你宠坏的？"

妈妈很不服气地说："我才不会不舍得打他呢！我不是告诉过你好多次吗？要是宝贝不听话、不肯读书、功课不好，你尽管给他一点颜色看看，我绝不会干涉，绝不会心疼的。但是我从来没看见你打过他一次，可见宝贝被你宠坏了才是真的。"

爸爸白了妈妈一眼，鼓着两颊吐了一口气说："现在什么都不要说了，我们到底要不要打他，给他一个教训？"

"当然要啦！"妈妈毫不犹豫。

"好！"爸爸说，"玉不琢不成器，人不打不学习。"说完了，爸爸对于自己能够随口把"人不学不知义"作巧妙的修改而感到沾沾自喜，脸上禁不住泛起一丝笑意。

"可是，用什么来打呢？"妈妈立刻想到。

"什么都行，比方藤条啦……"爸爸还想多举一两个例子，可是想了半天还是想不出。

"藤条？"妈妈说，"我们家里没藤条呀！你几时买过藤条？"

爸爸说："我是没买过藤条，但是我怎么知道你是不是跟我一样，也没买藤条？"

妈妈发现"柳暗花明又一村"。"又不是非藤条不可，别的也行呀。"想了一想，她接着说："小时候，我妈妈用葵扇的柄打过我。"

爸爸不同意，他说："打过之后，葵扇不就破了、坏了？

再说，这么个打法，够疼吗？这样的处罚，够重吗？”

“那你说呢？”妈妈问。

爸爸不回答，直接走进了储藏室。

“你在干什么？”妈妈又问。

“找打人的工具呀！”爸爸说。

妈妈一听，立刻跟了去。

“这一个怎么样？”爸爸拿着的是一个扫帚的柄，又长又圆。扫帚已经坏了，妈妈不舍得把柄丢掉，说是有一天也许可以派上用场，结果被爸爸像发现新大陆一样翻了出来。

妈妈的心猛跳了一下：“你不觉得这东西太粗也太硬吗？”

爸爸一听，把扫帚柄放下了，又到杂物堆里去找。找了一分钟，他找到了几个月前装修屋子时留下的一根木条。

“那么这个呢？”他递给妈妈过目。

妈妈先是用眼睛看，接着又用手摸，然后总结出她的看法：“我看这一个也不行，上面还有刺呢！要是你打宝贝的时候，木刺刺伤了他的身体，那可怎么办？”

爸爸有点不耐烦，也有点不高兴了。他白了妈妈一眼，说：“这个也不行，那个也不行，我找不来了，还是由你来找吧。”

于是妈妈弯下腰开始找了。

五分钟过去了，妈妈还找不到；十分钟过去，妈妈仍然空着手。

站在妈妈旁边的爸爸跳脚了：“我看你就是找到明天，也还是找不到的！”

妈妈很不好意思，只好把她早就看见了，却不敢拿出来的一把鸡毛帚交给爸爸：“有了，有了，就这个吧。”

爸爸如获至宝：“这个就这个。”他接过鸡毛帚，先对着自己的左手心比了一比，又在穿在身上的长裤上打了一下，发出“噗”的一声，然后问妈妈：“宝贝几点才回家？”

妈妈红着眼眶说：“大概一看过电影，就回来吧。”看着爸爸把鸡毛帚挂在墙壁上，似乎很有决心的样子，妈妈禁不住“哇”的一声哭了出来。

篱笆

有两间半独立式的屋子。一间的园地里种了一棵红毛丹树，另一间则种了一棵芒果树。

在这两间屋子中间，照理应该有一面用来隔开的砖墙（许多半独立式的屋子都是这样的），但是这两间半独立式的屋子中间出现的，却是一道很长很长的篱笆。不是铁丝网做成的那种篱笆，而是一块一块木板斜斜地钉起来做成的那种篱笆。那种篱笆，刚刚钉好的时候并不难看，尤其是在刷了灰水之后，在阳光下白得发亮。问题是几年后，不管屋子的主人怎么维修，怎么保护，它都会逐渐地腐坏。风吹雨打日晒是一个原因，另一个原因是住在木板里面，逍遥自在，日子过得舒服惬意的蛀虫不断地有它们的杰作。

夫："我看我们的篱笆应该修理修理了，要不然，再过一些日子，一定会整个崩塌下来。"

妻："算了吧，再修理，也还不是一样？你希望它能耐多久？"

夫："但是不修理也不行呀！再说，屋子粉刷得漂漂亮亮的，只留下篱笆这个部分千疮百孔，多难看哪！真的是丢人现眼！"

妻："还有一点，篱笆是属于两家人的，如果修理，这笔钱应该由哪一家人出？算了，算了……"

妻："你有没有注意到我们家那一道篱笆？"

夫："怎么没注意到。我就没见过比它更破损更不堪一推的篱笆了。"

妻："既然这样，就应该尽早找人来修理；迟了，整个倒塌了，花费的钱将会更多。"

夫："可惜篱笆不是我们一家人独有的，要不然，我早就叫人来修理了。"

妻："属于两家人的也得修理呀！最好是像有些人家那样，改建成砖块的，这样才能够耐久。"

夫："我也这么想，但是，钱应该由哪一家出呢？"

妻："当然是由两家来分担。"

夫："这样不行。别忘了谁先提出来，谁可能就得多分担一些费用。我可不准备采取主动。"

夫："最近我们家两边那两家人的对话，你都听见了没有？"

妻："当然都听见了。他们在说话时，怎么会想到隔墙有耳，我就在他们身边。"

夫："那么依照你看，他们之中不管是哪一家，会不会找人修理篱笆？我是说，拆我们这个小小的家？或者索性把木板篱笆毁了，改建砖块墙？"

妻："那还用得着问吗？我说，不会！因为谁也不愿意做先开口的人。"

夫："这么说，我们就不用搬家了？"

妻："没错。我们至少可以在这里多住个十年八年。"

夫："那该多好啊！干杯！"

妻："干杯！"

儿子回家了

好不容易，古太太在看了一个深夜电视节目之后，使自己觉得疲倦而想到床上躺着睡一个真正的觉。在这之前，古太太虽然动不动就闭眼睛，可是她并没有睡去。她只是觉得累，觉得寂寞。自从古先生在几年前先她一步离开尘世后，她就养成这样一种老是半寐半醒的习惯。

床头的灯也熄了，才发现窗外的月光，竟像探照灯一样地照了进来。望着那又白又凉的月光，古太太禁不住想起多年前教她唯一的男孩——勃勃——背李白的诗的情形："床前明月光，疑是地上霜。举头望明月，低头思故乡。"古太太发觉最麻烦的，是在勃勃提出"什么是故乡"时，怎么向他解释才让他听得明白。

忽然，古太太听见房门外响起一个声音，是开铁门的声音，然后是蹑手蹑脚走路的声音，最后是开木门和关木门的声音。这些声音，对古太太来说，都太熟悉了。还不就是儿子勃勃回家了。

虽然儿子已经长大了，结了婚，搬出去住了，古太太还是叫他的小名。在古太太心目中，儿子是永远长不大的。而一个长不大的儿子，便非继续让妈咪来照顾不可。可是古太太也明白：结了婚的勃勃，还是完全交给他的妻子去照顾的好。古太太不能分了或抢了儿媳与勃勃彼此间的爱。也许不曾在古家住过一天的媳妇，就是为了避免婆媳之间有意见而坚持自立门户的。

今晚，儿子又三更半夜回家来了。古太太心头有了一股无法掩饰的喜悦。她算一算，应该有两三个星期没见到儿子了。不知道他胖了一点呢，还是瘦一点了？这样想时，她精神一振，爬起身来，轻轻地走向儿子的房间，又轻轻地打开房门。暗淡的床头灯的照映下，看来已经睡去的儿子的脸不胖也不瘦，而且永远是那样纯洁可爱。古太太想：要是儿子能天天都在家里睡该多好啊，这不仅意味着能给年老多病的她增加若干安全感，在心理上，她也不像现在这么孤单，这么寂寞了。

可是另一方面，古太太又知道儿子是不可能像小时候一样，天天在家、天天在她身边的。就是偶尔半夜回家睡觉，对儿子来说，也不是好事。古太太知道得很清楚：每一次儿子这个时间回家来，都是因为他跟媳妇吵了架。古太太还是希望儿子有一个幸福和睦的小家庭。

搬

眼看着儿子的朋友们把大件小件的家具往屋外搬，盛老先生只是坐在一边，完全没有帮忙的意思。当然啦，大件的、重的东西他是搬不动的，至于小件的、轻的东西，应该没有问题吧。但是他就是不动。

还说动呢，其实他老人家生气都嫌来不及。事情会发展成这样，他连做梦也没想到。

盛老先生记得很清楚，在他唯一的儿子小时候，盛老太太偶尔问儿子："你长大了想娶谁做老婆？"天真无邪的儿子总是脱口就回答："我不要老婆！"再问他："不要老婆，那么爸爸妈妈老了，不在了，你跟谁住呢？"当时，他的回答是："爸爸妈妈不会老，永远都不会老。我长大了，还是跟你们一起住。"盛老太太当时明明知道儿子说的是"孩子话"，但是她心里还是禁不住喜滋滋的。她想：能说这话的儿子，可见得是个孝顺的儿子。要是膝下孩子多，有的孝顺有的不孝顺，那倒无所谓。但自己就只有这么一个儿子，不孝顺怎么行？将来她和儿子的爸爸都老了，靠谁？时代变了，不能像以前一样，老是抱着“养儿防老”的旧观念，这一点道理，她明白。但是人到了年纪大、体弱多病的时候，能有个儿子伴随在身边，总是好的。要是能再有个相处得来的媳妇一块儿住，那就更理想了。这样和睦美好的大家庭，她不是没见过。她羡慕那样的家庭，也希望将来成为别人羡慕的对象。

有时候盛老太太跟老伴谈起这样一个二代同堂的大家庭的构想，她跟老伴一致认为：他们这对夫妇充分具备了构成这样一个家庭的条件。他们不准备往儿子的脸上贴金，说穿了，什么人都是现实的，他们的儿子也不例外。尤其是现在房子的价格高，儿子即使念到大学毕业，找到工作，收入也绝对不够他买目前盛家夫妇住的这幢半独立式的房子。如果结婚之后和父母同住，就不必再花半生的时间去为住屋的问题操劳奔波了。有现成的捡，谁不要？还有啊，小两口组织小家庭，说起来没什么，做起来可一点儿也不简单。夫妻都在工作，谁来做家务？谁来准备三餐？有了孩子之后，问题肯定更复杂了。他们请得起女佣吗？就算请得起，也不一定放心让女佣照顾孩子。令人吃惊和痛心的故事盛家二老都听多了。

所以这一双老人家在未老时就坚定地相信：将来儿子在

成了自己的家之后，是毫无选择地会继续跟父母亲同住的。做父母的还图个什么？他们什么也不图，只图个有人照顾，在生活上有若干安全感。对了，对老年人来说，还有什么比安全感更重要的东西呢？

一晃，儿子大学毕业了，也有了一份固定的工作了，说过不娶老婆的他还找到一个可以谈婚论嫁的女朋友。于是盛家夫妇想：他们联手绘制的大家庭美景在望了。这已经是理所当然的事。哪里想得到有一天，有了女朋友的儿子忽然对父母宣布：再过些日子，他们就要搬出去住了！

“你们不是还没结婚吗？”被吓昏了的母亲要问的其实不是这个问题，但是一时竟把别的问题都吞进肚子里去了。

“那是小事情，”儿子说，“再过一些时候，如果我们想注册，就会去注册。”

“搬出去住是你的意思？”父亲问。

“不，”儿子说，“是我和她两人的意思。”

其实，究竟是谁的意思，谁知道呢？盛老先生想。也许是儿子有难言之隐。以他们二老平日和儿子相处的情形看，另起炉灶应该不会是儿子这方面的意思吧。

又是一晃，终于到了儿子把决定化为行动的这一天。盛老太太反而表现得看得开的样子，她一再地告诉老伴说：“儿子既然有了这个决定，反对只会影响彼此的感情，倒不如顺其自然。将来我们和这对年轻人还要继续来往呢。再说，要搬的如果是未来媳妇的意思，我们反对，会使儿子为难；弄得不好，两口子闹翻了，怎么办？我们这个儿子找了好久，才找到现在这个女朋友。他，也是挺可怜的。”

所以在众人忙着上楼下楼拿东西的这一刻，盛老太太并没闲着。她一直在担任指挥。而且，在经过老伴身边时，抛给他一句：“你还在发什么呆？不拿东西，也可以到门口罗厘车[1]旁边去看看呀。”

看了满脸汗水的老伴一眼，盛老先生无可奈何地站起身来，慢慢地向门口走去。

①罗厘车：指汽车等。

让位

他坐在青龙木下的一张破藤椅上，等过路的行人来买他的报纸。各种报纸，包括前一天晚上出版的两份晚报和日报都摆在前面的地摊上。他也兼卖一点新鲜鸡蛋，每包十个，顾客拿了就走，省了挑挑选选的工夫。当然价钱是合理的，顾客对他也已经培养起了一点信任。

在这样一个地方做这样一个小生意，算起来，大约有几年了。是十五年了吧？或者是二十年？他也记得不怎么准确了。总之，是一段很长很长的时间。开始时他还是个中年人，现在年华老去，头发花白，眼看着就是个老头子了。

老头子归老头子，他还是十分留恋目前这种生活方式的。往摊子后面的破藤椅上一坐，不管多么寂寞的他，也变得一点也不寂寞了。每天，无论哪一段时间，他的摊子旁边总是坐着另外几个人。隔着一条窄窄的小路，就是那座两层楼高的菜市场，菜市场里卖猪肉的，卖鸡卖鸭的，或者卖鱼、卖螃蟹、卖蔬菜的，只要抽得出空，都可能捧了杯咖啡，一碗面，到他的摊子这儿来聊天。倒不一定是找他聊天，反正一到了这儿，两三个、三四个人碰在一起了，就有话说。其实多半的时候，他只扮演听众的角色。大家不停地、闹喳喳地说着话，他便懒洋洋地斜倚着椅子，把双手交叉在脑后。一副悠闲满足的样子。至于聊天的资料，那还用得着发愁吗？

随便摊开一份报纸，特别是花花绿绿的小报，大家就有十分丰富的聊天内容了。凶杀案、风化案、交通意外、马票……都是大家津津乐道的。

就算每一个人都抽不出时间到报摊这儿来，他也并不寂寞难耐。只要天气不大热，清风徐来，有一份没一份地卖着报纸，加上偶尔被顾客顺便看上而脱手的一两包鸡蛋，再悠哉游哉地欣赏过往的行人，一个上午，半个下午，也就轻易地打发过去了。他有时甚至什么都不看，光看菜市场前面那棵年纪比他还大的老榕树，也是一种乐趣。一二十年前，那棵榕树的枝桠，稀稀疏疏的，现在却密密麻麻，把菜市场的一角都遮盖住了。而且，不知道从什么时候开始，就有人在榕树底下放了一个小小的香炉，把榕树当神灵一般膜拜起来。就拿这一刻来说吧，香炉旁边还搁着两个橙和一小串熟透了的香蕉。

他常常想：榕树如果是神灵，或者榕树身上附了什么神灵，那么，这个神灵恐怕不怎么灵验吧。要是灵验，它就不会不继续保佑这个菜市场，使它不遭逢被摧毁的厄运了。是摧毁，不是装修，也不是重建。这个指示，远在一两年前，就已经明明白白地传达给菜市场里有关的摊主了。

他们在限期到了之后，是一定要停止营业的。当然，政府并不会亏待他们，政府准备付给他们每人一笔赔偿金。有了这笔赔偿金，那些年纪大的，可以趁机退休，在家里享清福；那些年轻力壮的，则可以把赔偿金充作本钱，另外找一个适当的地方，继续过小贩的生活。在最近这段日子里，谁有了什么打算，便成了大家热门的、重复又重复的谈话资料。有些人一旦作出了决定，便坚定不移，不管人家怎么批评，怎么劝说，都不改变；也有些人本来已经有了计划，但是三心二意，改了又改，不到最后一天，连他们自己都不完全知道未来生活的动向。比方有一次，他问卖鱼卖了二三十年的老洪："你有打算了吗？"老洪说："我还是回家吃老米算了。我心脏不好，砍鱼时，隐隐作痛。"可是过了不久，再问老洪时，他却说："我都不想干了，哪里知道我那个弟弟却要我帮他的忙，到柬埔寨做一点别的生意。只好到时候再说了。"

老洪和少数的摊主还在苟延残喘，但是至少有三分之二的摊主，在过去的半年内，都陆陆续续地离开菜市场了。

楼上楼下，一些空着的摊子，就像缺了门牙一样，叫人看了不舒服。总之，日子是一天比一天冷清。幸亏咖啡摊还在，要不然，连一批咖啡客都散了。摊子少了，顾客当然也少了。他们都转移阵地，到远一点的菜市场去了。留下来的，多数是住在附近的居民。对了，那些虽然没有正式的摊位，但是摆地摊摆了几乎半辈子的老伯伯、老婆婆们，他们往后的日子究竟将怎么过呢？往后他们家园地里的木薯长大了，香蕉、番石榴、杨桃什么的成熟了，将拿到哪儿去卖？

曾三番四次问过政府方面的人："菜市场还不算旧，再用个三五十年恐怕也不会倒，为什么不久就要把它拆掉？"对方最后一次的回答是："要让位给马路呀！将来有一条马路就刚好要从菜市场这里穿过。"

"让位？"他把说话的人所用的这两个字放在脑子里转了又转，后来觉得实在很有意思。前些时候听一个买报纸的年轻人说："乡村让位给城市。"现在则是菜市场让位给马路了。看来城市比乡村威风，马路比菜市场威风。他又想：菜市场让位给马路，那棵迎风招展的老榕树，还不是也得让位给马路？忽然间，他竟不知不觉地想到自己的报摊，想到自己。——自己？自己也有一天要让位的！想到这里，他忍不住打了个寒噤。

辞职

像平时一样，她今天也是开着汽车去上班的。不过，今天至少有两点不一样：一点是时间没像平时那么早，另一点是虽然到办公室去，但是她并不是去上班，而是去向老板提呈辞职信。她等待这一天已经等待很久了。当把车子弯出大路时，她又开始皱起眉头来。这个时间的交通实在太繁忙了，马路上到处都是车辆，而且一碰到交通灯，车子就得停下来，多麻烦！“浪费时间！浪费时间！”她常常一面驾车，一面在心里说。幸亏从明天开始，她就不必再开这么长的路了。想到这里，她的嘴角才浮上了一丝笑意。

但是一想起经理对待自己的态度，她又笑不起来了。那个人实在太可恶了，他老是不把人当人看待，动不动就把脸拉得长长的，有时候还说她的不是，实在受不了。做这种人的秘书，的确一点趣味也没有。就拿上班时间这件事来说吧，为什么一定要那么刻板，一点也不懂得灵活变通？为什么非八点半准时到办公室不可？难道迟了十分钟、十五分钟，就少做了什么事情不成？就算我准时到了，却不立刻做事，故意摸这个，动那个，你又能拿我怎么样？斤斤计较，太无聊了！再说打字的事吧，人家说，神仙打鼓有时候都会错，我打错几个字算得了什么！又不是一天错到晚，最多不过一天错一两次，有什么了不起。再说，错了也可以改嘛！更气人的是有时还嫌慢，要快，你自己打好了。还有啊，打得快打错了，谁负责？

又是红灯了，利用等待的时间，她把冷气开大一点。热死人了！

不知道为什么，经理那张爱挑剔的脸，又出现在她面前。她想：我从来就没见过像他这么好管闲事的人，连人家打电话他也要干涉。要是电话不是给人家打的，那么，装来干什么？还有啊，人又不是机器，能一天到晚工作，不找机会打电话跟朋友聊聊天吗？一次打不到一个钟头，会影响到工作？这一点我才不信！

按了一下喇叭，好让行人道上的一个老太婆走快一点，她知道再过两三分钟就到达目的地了。哈！她几乎笑出声来。从明天开始，我再也不用到这个鬼地方来了！不用见到经理这个吹毛求疵的人了。她觉得经理这时候似乎就站在她面前，而她就对着他说话："哼！你老爱欺侮人，现在本小姐要你好看。溜走了像我这样的职员，看你再到什么地方去找人来填补？你以为找人那么容易吗？我会在今天辞职，你没想到吧？我就是故意要让你惊奇，让你意外！眼看着你惊惶失措，也算是我对你的一种报复，一种惩罚！”想到这里，她实在太兴奋了！

终于停了车，上了楼，踏进了经理室，站在经理面前。

当她正想打开手提包，拿出那封准备好了的辞职信时，经理已经伸手把放在桌子上的一个信封拿起来递给她，严肃而平静地说：“今天是这个月的最后一天，明天你不用来了。谢谢你这几个月来对公司的帮助。”

她那只还在手提包里的手，一时竟抽不出来。

王师傅

一上了成都的旅游车，地陪李薇先介绍了自己，然后介绍了司机，她只说他姓王，没说他叫什么名字。

我们一向都会把注意力集中在地陪身上，因为一般来说她是跟我们这些旅客接触最多的人。至于司机，嗨，管他呢，反正只要车子有人开，谁都行。且别说他叫什么名了，他姓什么，知道不知道都没关系。

但是慢慢地，我们却注意起这位王师傅来。

他不像其他司机那样爱跟旅客搭讪；我总觉得他根本就把旅客当透明的。上车下车的时候，从他的身边走过，要是我们不主动称呼他一声，比方说："王师傅，您早啊。"他压根儿理都不理你。他的眼睛只是望着前面；手嘛，肯定是按在驾驶轮盘上，一副正襟危坐、正经八百、神圣不可侵犯的样子。

看他的年纪，该有三十了吧，剪着平头，像董建华那样。说到精神，他似乎比当了行政长官的董建华还精神，还帅气。只是不知道为什么，几乎任何时候，他都皱着眉头，好像碰到了什么疑难问题，又好像在生谁的气。

总之，对这样的一位司机，车上的人都不会有什么好感，都觉得他脾气古怪，不够平易近人。

过了一两天，我们才慢慢地从王师傅身上挖掘到优点。他的驾驶技术的确是挺不错的。比方有一次，迎面开来一辆汽车，眼看着就要跟王师傅的旅游车撞上了，在这千钧一发之际，只见他把轮盘朝右一转，嘿，竟然化险为夷，叫全车的人都捏了一把汗。但是王师傅好像没把它当一回事。他的眼睛似乎连眨都没眨一下。

我们也注意到，每驾一段路，王师傅就会一声不响地把车子停下来。怎么啦？是不是想上洗手间？有一次是为了弯下身来察看车底是否有不妥。尤其是上山下山，斜度大，刹车器的正常操作是十分重要的。又有一次，我听见他在问地陪李薇："你知道有一只螺丝钉脱落了吗？"李薇一脸茫然，只是不无歉意地摇摇头。

有一天，旅游车离开牟尼沟，开回成都去。一路上，峰回路转，其壮丽其惊险，叫人看了目瞪口呆。但是王师傅却表现出一种兵来将挡、水来土掩的从容。

忽然，王师傅又急匆匆停下车子，原来前面的山坡有塌方。大大小小的石块，连同滚滚黄沙，把一半的路面都盖住了！车上的我们，一个个忧心如焚。老是停着车子，也不是一个办法。暮色掩至了。冲过去吗，时间和速度都必须掌握得恰到好处。我听得见一两个年长的旅客低沉的祈祷之声。

说时迟，那时快，王师傅已把车子刷地开了过去。每个人心里都放下了一块大石头。

第二天，叫人意外的是司机换了人。王师傅呢？李薇说："他早就住进医院的太太生了第一胎，他赶回老家看她去了。"

聘书

罗焕工作的这家广告公司什么都好，就是老板一年发一次聘书这一点不好。

一年的时间，过得太快了；看看还是六七月，可是才一转眼，就是八九月了。九月一过，一年的时间不也就要过去了吗？要是接不到聘书，便得另作打算。迟了，就来不及了。

按照往年的惯例，到了十月中旬，最迟到了十月底，新的一年的聘书一定发下来。收到聘书的人，心里当然放下一块大石头；万一过了这段时间还没收到聘书，那就难免很叫人担心了。不过罗焕在公司里干了好几年，都相当顺利；就是其他的同事，年终已近而没收到聘书的，为数也少之又少。偶尔有一个半个卷了铺盖走人的，那都是由于那一个半个人犯了不可原谅的大错。

还有一点，公司发聘书，时间虽然大同小异，但是发的时候，并不是一起发，而是个别发。甲在那一天收到聘书，并不意味着乙也一定在同一天收到聘书。总之，老板要把职员收到聘书与否，作为公司的一个秘密。

说是秘密吧，但是还不到第二天，消息总是会不胫而走。你想一想，有哪一个收到聘书的人不沾沾自喜，急着要把这件事告诉别人？一传二,二传十，大家都知道了。

但是今年，情况却有点儿奇怪，不但过了十月中旬，连十月底也过了，以罗焕这方面来说，竟然一点儿有关聘书的动静也没有。这到底是怎么一回事呢？难道说别人都发了，只有罗焕一个人没发吗？罗焕扪心自问，这一年里，他对公司，可以说没有功劳也有苦劳，公司没有理由辞退他的。要是他犯了什么过错，那么，老板一定会叫他去训话。但是在过去这半年里，老板从来没说过他半句不是。相反地，有一两回，老板还当面称赞了他呢！另一个可能是公司的业务不佳，必须裁员，以减低开销。不过细心一想，也觉得这个推想不正确。公司这些年来业务进展良好，这是有目共睹的，裁员这种事，会发生在别的公司，绝对不会发生在罗焕工作的这家公司。就算真的迫不得已要裁员，恐怕也不至于裁到他罗焕头上来吧！这一点，罗焕个人是相当肯定的。

那么，是什么原因呢？

为了这件事，罗焕近来的工作不免受到若干影响。有时候，他觉得自己有点儿心神不宁，也有点儿烦躁。他几乎忍不住要向同事们打听打听，看看他们是不是早已收到聘书了。但是脑筋一转，他又把这个馊念头打消了。这怎么可以，万一一打听，所有的人都收到了，只有他罗焕一个人没有收到呢？那岂不太丢脸吗？不能，不能，万万不能！其实何必太心急——他告诉自己——反正还有差不多两个月的时间，说不定今天不发，明天就发了呢！

第二天上午，在喝早茶的时候，依然没有消息。到了午饭时间，当大家聚在一起时，罗焕有几次忍不住，差一点就提出聘书的事了，但是最终他还是保持沉默。就在这时候，坐在罗焕对面的一个同事老孙开口了："往年一过了十月，我们公司就发聘书，今年不晓得怎么搞的，都十一月了，我个人却还没一点眉目，看样子恐怕凶多吉少。"老孙给人的印象是在自言自语，但是他的话才一说出口，同一桌中听见的人先是停下筷子来，或者暂时停止吃饭，接着，坐在罗焕右边的小谢心花怒放地说："我也是这么想，因为我还没收到。"小谢的话刚说完，坐在罗焕左边的钟小姐立刻接着拍起掌来，一面说："哈，我还以为只有我一个人没收到，想不到还有两个人跟我相同。这一来，我有伴了，我不怕了！"

忽然，大家发现在猛喝汽水的罗焕还没表态，就七嘴八舌地问他。罗焕看了众人一眼，然后吐了一口长长的气，说："我还不是一样。"

吊灯

我坐在我那间宽敞的办公室里。该打的电话都打了，该签的名都签了，在无所事事的情况下，我只好一面抽烟，一面看天花板。我看见天花板上有一盏吊灯，好亮好美的一盏吊灯。不，应该说好精致好富丽堂皇的一盏吊灯。大概是看了灾难电影《海神号遇险记》之后，我才吩咐我的手下把它挂上去的，尽管我明知道只有在大旅店的大厅才用得着这种吊灯。

我忽然想到，要打发无聊的时间，方式有很多种，其中的一种是找下属们谈谈。于是我坐正身子，按了 下电话上的钮，然后说：“请赵主任进来。”

像一阵风，赵主任已经站在我面前了。我说：“请坐。”他才壮着胆，坐了下来。

想了一想，我这样问他：“你对出国有没有兴趣？”然后细心地观察他脸上表情的变化。我发觉他的眼睛闪了一下，里面充满了喜悦的光。但是紧接着，那光暗淡下来了。

他显得若无其事地问：“经理，您为什么这样问我？”

我说：“要是你有兴趣，我就派你到日本去接受一项为期三个月的训练课程。”

听见我这么说，喜悦之光又浮到他脸上来了。我也禁不住低头笑了一下，然后说：“我现在只是先告诉你，好让你有个心理上的准备，等到有了准确的日期，我会再通知你的。好了，你出去做你的事吧。”

赵主任一踏出我的房间，我就笑得差一点呛住了喉咙。

什么出国，什么训练课程，哪儿有这回事呢！

笑了一阵子，我忽然想起公司里另一个职员小钱。这个人的所好正和他的姓一样，就是钱。我想，我不妨跟他谈谈钱的事。也不知道是怎么搞的，才准备叫他进来，他已经怯生生地坐在椅子上了。

“知道我为什么请你进来吗？”我望着他那双紧张得微微发抖的手，“我觉得以你目前所做的工作来说，我们公司给你的薪水实在太低了。这对你是很不公平的，所以经过研究之后，我们公司打算加你薪水……”我讲到这里，小钱立刻把身体挺直了，显得很有精神的样子。然后我就问他：“公司里的员工，是不是有的比较懒惰？”

小钱以为我把他当亲信，就在忸忸怩怩一番之后，滔滔不绝地说了许多人的是非。小钱提到的其中一个人，还是我的奸细呢。起先他在提到这个人时吞吞吐吐的，我便故意批评那个人几句。小钱一听见我也表示对那个人的印象不好，便放胆地把他自己和一般人对那个人的指责全抖出来了。这一来，我终于了解到公司里的员工对我派去卧底的人的看法，也知道原来小钱对我的心腹完全没有好感。他既然不站在我这一边，我会加他薪水吗？做梦！

奇怪！我记得我刚才并没请老孙进来，为什么他竟在我面前出现了？算了，既然他来了，我就随便跟他聊几句吧。

聊什么呢？老孙这人喜欢倚老卖老，那就试探他对当采购组主任的兴趣吧。当他听完了我的话以后，立刻喜上眉梢。我看得出他想问一句话，但是一时又不知道是不是该问，内心深处挣扎了好久。大约五秒钟后，他终于忍不住问了："那么原来的采购组主任老李呢？"

我"哦"了一声，说："这一点你倒不必管，我自然会有安排。难道一开始由谁做，就非由他继续做下去不可吗？要是做得不好，就应该换人嘛！我们公司一向的政策便是唯才是用！"说到这里，连我自己都禁不住觉得好笑。因为事实上，我们并没有这么做。要是真的根据这种方针办事，公司里很多人都不会留在原来的工作岗位了。但是听了我的一番冠冕堂皇的话，老孙竟感动得眼睛闪着亮光，泪水好像差一点就要流下来的样子。所以我觉得人这种动物，一般来说，实在很不理智，主观且容易动摇。就在老孙感激地望着我，不知道该说什么话的时候，我赶快说："不过还要等适当的时机。时机适当，不管你作什么调动，人家都心服口服，你说对不对？"老孙当然不住地点头，然后高高兴兴地退出去了。

看见老孙那副高兴的样子，我不由得有点妒忌起来。我忽然想：为什么要让他们高兴呢？这样做不是太便宜他们了吗？为什么不改变一下方式，恐吓恐吓他们呢？这么一想，我又按钮了。一眨眼间，发生了另外一个奇迹：我并没告诉秘书我要见的人是谁，但是她却知道把小周叫进来。她完全叫对了！我就是要见这个人。小周这个人，胆子比老鼠的还小。他既没信心，也没自尊，所以老是担心失去工作。

每一次我一跟他提起工作，他的脸就一阵青一阵白。就拿这一次来说吧，当我一问他："最近工作还愉快吧？"他的舌头立刻打了结："什么？工作？谁的工作？……我？愉快，工作愉快……"接着我就说："这些日子市面上的行情不大好，我们公司难免会受到影响，到了不得已的时候，可能会辞退一些员工……"我的话还没说完，小周脸上的汗珠子已经有豆子那么大颗了。他抢着问我："会不会辞退我？会不会辞退我？"我故意不立刻回答他这个问题，沉吟了一番之后，我才慢条斯理地说："这就得看你个人的工作表现啦！"小周的两只手臂紧紧地抱在胸前，一字一鞠躬地说："我……我一定好好地做，好好地做。我知道，表现很重要，很重要……我……”小周颤抖着声音说到这里，就被我打发出去了。

看着小周的背影，我觉得我在刚才那半个小时里，已经完全达到解闷的目的了。我越想越好笑，终于再也忍不住，开怀大笑起来。我的笑声越来越大，越来越大，到了最后，整个房间都充满了我的笑声。那些声音，好像要把房间胀破似的。就在这时候，我又听见另一种声音从天花板上传来，我抬头一看，只见那盏吊灯摇摇欲坠，而且说时迟，那时快，“轰”的一声，我已经被埋在一大堆玻璃片里头了。

我喊叫着张开眼睛，发现自己脸上和胸前都缠着贝壳做的风铃。要怪就应该怪我太太，跟她说了好几次，这种东西是挂在窗口的，不是挂在天花板上的，她却不听。

夜归

“都快十点了，阿得怎么还没回家呢？”方先生虽然在看电视，心里却总是记挂着儿子方晓得。

方太太说：“阿得吃过晚饭后告诉我他要出去一下，我也没问他要去哪里。平时他也常在晚饭后出去走走，不久就回家了，这一次不知道为什么……”她端着两碗热乎乎的红豆汤。

方先生不等方太太把话说完，就很不高兴地说：“对孩子，你就是这样随随便便，一点儿也不严格，结果孩子越来越不懂得规矩。你这样当母亲，不把孩子宠坏才怪！”听到这里，方太太心里也并不愉快。事情明明只跟儿子方晓得有关，做先生的，却连女儿也拉进去了，用了什么“孩子”。这个意思，她难道听不出吗？再说，宠孩子也不是我一个人的事，你做父亲的，还不是一样也宠孩子？但是她一句话也不反驳。方先生血压高，顶撞了他，脾气发大了，可能要出大事。她担当不起这个责任。

但是方太太总不能一句也不说，想了一想，她说了：“这样吧，待会儿阿得回家了，你骂他几句。”

“我何止要骂他几句，我要好好地大骂他一顿。都到了服兵役的年纪了，还老是要叫父母亲担心。真是成何体统！就不为别的吧，也应该为妹妹做个榜样，在日常生活上检点一些。”方先生滔滔不绝。这些话，他不知道是说给方太太听，还是说给自己听。

一转眼，随着一个电视节目的结束，方先生知道时间已经是十一点钟了，心禁不住猛跳了一下。他本来想开口说些什么，转念一想，止住了。再一想，又冲着方太太说：“还坐在那儿干什么？赶快打电话到他要好的朋友家里问一问呀！说不定阿得跟哪一个在一起；即使不在一起，他的朋友也可能知道他去了什么地方。”

方太太原来就想这么做，于是匆匆起身去打电话。她多么希望其中有一两个不在家，那么，阿得跟他们在一起的可能性就比较大。哪知道他们每一个都没出门，还说：“伯母，阿得怎么啦？”

方太太索性回答：“没什么。”就挂了电话。这一下子，方先生也好，方太太也好，都更加不自在了。

阿得到底去了哪里呢？

“怎么现在才回来？”两个声音问。

阿得若无其事：“我到世界贸易中心去看展览，人多，搭不到车嘛！”

“肚子饿了吧，”方先生说，“厨房里有红豆汤，你自己盛一碗去吃。”

鼾声

洗干净了最后一个晚餐用的盘子后，方太太觉得自己累得几乎眼睛也张不开了。

按理说，洗盘子的事应该由方先生来做才对，问题是：方先生已经掌厨了。他总是嫌方太太的菜不合他的胃口。他有一次开玩笑说："你这个方太太，一点儿都不像电视上那个教观众怎么烧菜的方太太。"所以倒转过来，由方先生下厨，等抹了油嘴，再由方太太处理清洁工作。

经过客厅时，方先生已经坐在沙发椅子上，一边吃水果，一边看电视了。

"要坐一会儿吗？"方先生问。所谓"坐一会儿"，其实也就等于看一会儿电视。

在看电视方面，方太太兴趣跟方先生不一样。方先生是武打、惊险、恐怖片的崇拜者，方太太却除了一把眼泪一把鼻涕的伦理片，其他的她都不感兴趣。只是方先生要她陪，她只好勉为其难了。

所以，方太太虽然两眼注视着荧光屏，其实却心不在焉。她老是想着大约一个小时以前，两个孩子惹她生气的事。

她不知道告诉他们多少次了，要是赶不及回家来吃饭，一定要来个电话说一下。但是，就说今晚吧，等到八点多钟了，还不见一个影子，电话也没响，弄得她和方先生吃晚饭时，得把凉了的菜再热一热。而那一个念高级中学、一个念大学的孩子，竟然在做父母的放下碗筷时才慢吞吞踏进家门。责问他们，他们却说："啊呀，你们何必等呢？我们这么大了，肚子饿了，不会在外头吃吗？"

方太太说："我们是担心你们的安全。"

两个孩子一听，都笑了，而且不约而同地说："我们都这么大了，还会出什么事。"

方太太心里想：大了，两个孩子的确是大了。时间过得多快啊！本来是抱着拉着的，一转眼，儿子也好，女儿也好，都能够自己飞了，像翅膀硬了的鸟儿一样。她也想到逝去的那一大段日子，实在过得糊里糊涂，似乎忙乱了一阵子之后，人便不再年轻了。生活的目标在哪里？继续活下去的理由又是什么？方太太怎么想都想不清楚。

方先生发觉方太太情绪低落，不言不语，便问："还在为孩子的事生气？"

方太太点点头，她连回答的气力都没有了。方先生说：

“其实我倒认为我们应该珍惜目前这样的生活。你有没有想到，再过不久，两个孩子娶的娶，嫁的嫁，迟早都会有自己的家，那时，大家就不会再住在同一间屋子里了。我们两个人，如果都还在的话，就要相依为命来设法消除彼此的寂寞了。”

这些话，方太太是完全同意的。她是个拜观音的佛教徒，无常的道理，她也略有所闻。不管是好的还是坏的日子，都不会毫无变化地过下去的。电视新闻的时间不觉已经过了，方太太说她很累，就站起身来。

在进入主人房之前。她先后到两个孩子的房间去巡视一下，发觉他们都睡熟了。今天他们一定去了很多地方，走了很多路，现在累得鼾声如雷。没错，再过个三年五年，她也许就听不见这样的鼾声了。现在能清楚地听着，恐怕就是一种幸福了。幸福、满足、快乐什么的，看来真的是要从一些微不足道的地方去寻找，去发掘的。

方太太轻轻关上房门，躺在自己的床上。方先生的脚步声还没响起，她的鼾声也清晰可闻了。

龙井茶

游过了杭州的西湖，以为将续程赶回上海去，哪知全陪小柳却说："还有一点时间，我想为大家提供一个行程表上面没有的项目。"

"什么项目？"一个性急的旅客率先发问。

小柳不直接回答，却说："人家都这么说：到杭州来，如果不认识一下著名的龙井茶，不带一点儿龙井茶回家，那就等于白来杭州一趟了。"

巴士车上的旅客，都相视一笑，心照不宣：我知道的，又是在打我们的主意，想做一笔生意了。

其实我到杭州好几次，在随团旅游的情况下，没有一次能够幸免被连哄带骗地安排到一些茶园茶庄去买茶叶。这一次当然也不例外。

同行的妻说："也好吧，随遇而安，反正走了不少路，口也渴了，去喝一杯免费的茶再说。"

“喝而不买？”我促狭地看着她。

妻说：“那就得看各人的定力了。”

说着，就来到一家茶庄前面，接着像以前一样，被领到一间能容纳数十人的房间里。

当负责讲解《茶经》的人出现时，我们的眼前不觉一亮。不是因为她是美艳如花的玉女，而是她皮肤白净，脸蛋透红，神采奕奕，似乎随时都能翩翩起舞。虽然以年纪论，此姝已有四十上下了。

她的开场白比较特别：不是谈茶，而是谈她受邀到我们的国家新加坡去品茶评茶的事。像几乎所有到花园城市的外国人一样，她不会忘了赞美那里的市容，听得座上的人心花怒放。

然后她再告诉听众，一年里，她总会受邀到亚洲各国去好几次。为什么？因为她不是茶公司里一名普通的讲解和示范的职员，而是一位专家。她对龙井茶已到了无所不知的地步。她说，到西湖来，随便一打听，谁都知道有她这么一个人。她是在杭州长大的，也是在自己的茶园里长大的。除非她出国去，否则，到茶园里找任何一名采茶姑娘一问，那姑娘准会带你到她的家去。

还有啊，她的家，一共六代，都是中医，因此她们每一代的家庭成员，都熟知茶叶特别是龙井茶对健康方面的益处。

我听到这里，心里想：这位女士的确与众不同。不觉增加了对她的敬意和信心。

闻了香，又喝了名贵的茶，再进一步认识了雨前龙井茶和雨后龙井茶在香味、外形、价格各方面的差别之后，不少在座的旅客都蠢蠢欲动。其中有一种高品质的龙井茶，售价高达人民币两千元一斤，一名多金的团员就面不改色地买了仅有的两斤，完成一笔四千元的交易。其他人零零星星，你一斤我一斤地抢购次等货色，看得那位茶专家兼医师眉飞色舞，乐不可支。

这时，一名旅客问："我有高血压，又有轻微的糖尿病，适合喝龙井吗？"

"太好了，"茶专家说，"我祖母今年七十八岁了，也患这两种病，喝龙井茶喝了一个时期，嘿，这两种病都好了。"这时，妻压低声音，在我耳旁提出了疑问："既然她们六代是中医，又是种茶世家，天天喝茶，为什么她的祖母还会患上高血压和糖尿病呢？"

我正想说话，被凶巴巴瞪着我的旁边的一名旅客"嘘"了一下，只好乖乖地静了下来。

祝你生日快乐

过了千岛湖，下一站是乌镇。

对于乌镇，我没有多少的认识，恐怕就像周庄或者朱家角那样的地方吧。和我们十多个旅客坐在旅游巴士的导游小刘在大略地介绍了即将到达的地方之后，又补上了一句："我是在那个地方出生的，没想到吧？"

我说："这么巧？"这么说其实并没有什么特别的意思，只是作为对小刘的话的反应罢了。

"更巧的事情还有呢。"小刘紧接着说，"今天是我的生日。"

"是吗？"大家都作出了回应，然后不约而同地说，"祝你生日快乐。"有一两个年轻活泼的团员还打着拍子，唱起生日歌来。

小刘显然很高兴，除了向大家表达谢意以外，也顺便谈起了他在乌镇的童年生活，包括乌镇的节日和风俗习惯。

过后，大家都把这件事情忘记了，一直到了晚餐吃得差不多的时候，才发现小刘在每一个团员的面前放了一个大号的蛋糕。小刘还说："蛋糕是我太太特地在镇上买了，抽空亲自送来的。我告诉她不必了，可是她坚持要送来；说什么生日嘛，一定要请大家吃块蛋糕，高兴高兴。"

一个女团员说："真难为她了，可见你们夫妻的感情多么好。"

其他的人赔着笑，倒没多说什么。

有点叫大家为难的是眼前的那块蛋糕，它不但五颜六色，样子十分好看，而且体积非常大，就算空着肚子吃，也能把肚子填满，何况现在大家都吃饱了，想吞下这么一块蛋糕，的确不是件容易的事。弃之不吃吧，会显得没有礼貌，不领情。

怎么办呢？

有些团员就拿塑胶叉把覆盖着蛋糕的奶油和蛋白挑掉了，然后浅尝辄止；也有的团员对着蛋糕东翻西搅，企图毁尸灭迹。只有一个团员说："哎呀，我身边没有塑胶盒，要不然，装回房间去，当夜宵吃也好。"

既然蛋糕也吃了，对分赠蛋糕的人，也就是我们的导游小刘当然不能不有所表示。赠送红包给寿星公是最实际，也是最通情达理的做法。再说，匆忙之间，谁知道该买什么适当、得体的礼物？其实，离餐桌之前，已经有成熟的团员在开始凑钱了。“丰俭随意”，这是好几个人当机立断作出的决定。不到十分钟，一个装满了钱的信封就递到了小刘手里。他笑呵呵地说：“真是太感谢大家了。小小的生日，却要让大家破费，实在不好意思。但是盛情难却，我小刘只好收下了。”起身和还没起身的人都以鼓掌作出了回应。

用了晚餐，有些团员回房间休息，以便明早再作冲刺。我出门旅行，一向总是分秒必争，想上一趟厕所之后，继续到旅店附近的市场上溜达。

正当我在间隔里宽衣解带时，听见外头传来这样一段对话：“今晚的菜还行吗？”说话的应该是一名厨师。

“不错，”小刘的声音，“只是有的团员说咸了一点，新加坡人总是吃淡吃惯了。”

“是吗？”厨师应着，然后笑嘻嘻地说，“怎么，今天又是你老兄的生日啦？嘻嘻嘻……”

龙城

这篇小说的题目叫“龙城”，不只因为其中的人物全是“龙的传人”，而且因为排长龙的“龙”字给了我灵感，而我们一家又长时间居住在这个所谓的“花园城市”里。简单地说，龙城就是一个人民经常都在排长龙的城市。

先说我儿子吧，打从进入中学开始，他就习惯于接在长龙的尾巴上了。比方说每年的国庆表演吧，在分发参观券时，排着队的长长的龙的身体中，有一个鳞片就是我儿子的化身。有礼物袋拿又可以免费看盛大的演出，他怎么会不要？至于说爱国，我就不相信他懂得什么叫爱国。

我女儿排长龙的经验比起我儿子要丰富多了，她深谙在一个有规律、有条理的国度里排队的真谛，所以在排队时，总是按部就班，奉公守法，决不插队，尽管龙的身体达一两百米长。她最喜欢排的是名歌星演唱会的队伍，为的是买票。比方F4到新加坡来的那一次，她前一天就出现在队伍里了。为了排队，她缺了一天课。我想：年轻人总要有偶像崇拜的，所以并不责怪她。其实，如果我是她，年轻的时候，一定也会这么做。书可以慢慢读，偶像不抓紧追，一转眼就让他给跑掉了。

还有我老婆，她在排队方面的确有一手。每逢罗敏申、John Little等大百货公司大减价，门还没开，她已在队伍中占有一席之地了。碰到有赠品的日子，她的消息总是比别人灵通，所以时有收获；只不过每一次拿回来的东西，多半收在橱柜里，派上用场的机会少之又少。

她也喜欢在收听广播之后，到全岛各美食中心去排队买叻沙、包点，甚至于一杯咖啡。她的理论是：凡是有人排队的那一摊，东西一定好吃。而且好吃的程度跟队伍的长短成正比。不过我在她的劝请之下尝试了几次，私底下并不以为然，只是不敢说出口。

说起来真不好意思，我爱排队的癖好，比家里的三个成员有过之而无不及。我最常排的，是买万字票[①]的队伍。那一次奖金高达千万，我排了一次。想想，心有不甘，又去排第二次。这种赢大奖的机会，可不是常有的。

我也排队买易通卡，排队买邮票的首日封，排队买组屋

①万字票：新加坡一种数字型彩票游戏。

和私人公寓。组屋是买给自己住的，公寓是买了准备转手赚它一笔的。不瞒你说，我在这方面就赚了好几万块钱。你想：还有什么比这个更好赚的？再说，我们新加坡人，别的没有，排队的时间嘛，嘿，一大箩！

希腊女神

在澳大利亚的柏斯时，他住的旅店靠近市中心，只需走大约五分钟的路，就可以来到热闹非凡的购物街一带了。他一有机会，就溜到那里去，不纯粹是为了购物，也为了凑热闹、看人、了解风土人情。他觉得小小的广场上卖艺人所玩的猴子戏就非常逗笑有趣，水果摊上配搭得恰到好处的各种水果，让他立刻就明白所谓秀色可餐是怎么一回事。

那天走着走着，走到了一间卖烧鸡的小店前，他禁不住食指大动，买了半只既香喷喷、价钱又比什么都便宜的烧鸡边走边咀嚼着。

烧鸡店的隔邻是女性服装店，也兼卖各种化妆用品，如梳子、唇膏、香粉之类的东西。他只是好奇地端详了一下，并没有替太太代劳或讨她欢心买一两件的意思。

忽然，他发觉眼前一亮，原来熙熙攘攘的人丛中出现了一位妙龄少女。天啊，该怎么形容她呢？以身材来说，他就很少看过这么高挑而且肥瘦适中的年轻女性。由于天气热，穿着不多，使她那仿佛看得见阳光的棕色皮肤有约莫一半是袒露在他的视野里的，尤其是她那个毫无斑点的背部，更给人一种完美无瑕之感。头发是修长的、飘逸的，像极了一股金色的瀑布。至于她的脸，哈，简直就是用最坚实的木材雕刻出来的，否则，就不会形成线条那么优美的鼻子和嘴唇了。蓝蓝的，如九寨沟的池水一般的眼睛不停地在眼眶里荡漾着。于是，小小的眼眶都变成小小的池塘了。

“是在哪里见过这样美丽的人？”他自问。答案很快就有了：是在欧洲的艺术馆里，或者印刷精美的画册里。说得更具体一点，是希腊的雕像或者画像。除此之外，就不可能有这么完好的胴体与容貌的女性了。不同的是：希腊女神是死的、假的、没有生命的，而眼前的这个女人却是活的、真的、生机盎然的。更令他惊讶的是，他竟然也从她的脸上看到了神圣与庄严。

就在这时，女郎一个转身，走进店里去了。

他凝视着她的背影，却没有跟进去——是女服装店嘛，他一个大男人，进去干什么！

但是他也不离开，反正没事，站着看看街景，看看来来往往的行人，是不会有人来干涉的。

终于，女郎又出现了。这一次，她背后跟了个女店员。

正当女郎想匆匆离去时，女店员挡住了她的去路，并表示要检查她手中的购物袋。两人争执了一会儿，但女店员很快就从袋里搜出一把没付钱的大梳子。

女郎的脸色刷白了，她低声要求女店员："可以放过我这一次吗？"

"不可以，"她得到的是斩钉截铁的回答，"你必须现在就跟我一起去见警察。"

冷眼旁观的他，视线全落在女郎的脸上。他分明觉察得到：她的内心正急速地在盘算着、估计着、挣扎着，而且马上作出了决定。她推了女店员一下，然后拔腿就跑。打了一个趔趄的女店员在站定之后，略一踌躇，便追了上去。没有呐喊，因而也没有骚动。

他眼看着两个身形消失在人群中，思想像一池被风吹动的水，一时竟无法平静下来。

点穴

那时我是在马路上开车。车道有三条。我正打算从中间的车道转向右边的车道，目的是为进入右边的一条小巷做好准备工作。我在十秒钟前就出示指示灯了。我希望右边车道的汽车会因而放慢速度。可是不然。出乎我的意料，那辆车子的司机竟然加速。我知道，他不给我转换车道的机会。

他无视我的指示灯，“唰”的一声，把车子从我的车子旁边擦了过去。这一着，不只让我吓了一大跳，也使我错过了把车子转入小巷的机会。我别无选择，只得硬着头皮，继续把车子往前开；虽然这么做，将使我暂时抵达不了目的地。

眼看着那辆毫无礼让精神的车子扬长而去，无计可施，我突发奇想：要是我像武侠小说里所说的那样，能够用点穴神技把人固定下来，动弹不得，那么，我一定要使那辆车子在我一指之下也无法开动。我一面想，一面还戏谑地作出以手指车的动作，嘴里默念：“停、停、停……”我怎么也没料到，我的动作竟然产生了功效。嘿，车子停下来了！我当时的确又惊又喜。人家说什么“不相信自己的眼睛”，我当时就真的不相信自己的眼睛。这样的事，在现实生活里怎么可能发生呢？

当我在极度的诧异中回过神来的时候，我当然不无沾沾自喜的感觉，同时也深感庆幸与自豪。原来我具备了如此神奇的特异功能而不自知。以后我可得好好利用我这方面的特长了。

我继续往前走，先把车子停在一处停车场，然后想走斑马线，到马路另一头的杂货店买饲料给家里的几只观赏鸡吃。由于禽流感肆虐，毁灭了不少生灵。

本来一般的车子一见到斑马线，自然会放慢速度，然后完全停下来，让行人越过。哪里知道这辆红色的开篷车却依然风驰电掣，对我视若无睹。我差一点就像前些时候一个著名的笑匠一样，被活活地撞死。是可忍，孰不可忍。正当那一团火红的怪物想绝尘而去时，哈，看指！霎时间，指现车停，我随即拍起手来，大喊“痛快！”

买了饲料，经过一家咖啡店时，我觉得口渴，便进去喝一杯咖啡。自从 SARS（或者就叫做什么“非典型肺炎”）展示了它的杀伤力之后，一般的咖啡店，卫生情况的确有所改善，但也“因店而异”。有小部分怙恶不悛的，似乎依然我行我素，不把 OK 不 OK 放在心上。虽然政府规定乱丢烟蒂与纸巾等要罚款，可是你低头一看，地上什么都有，甚至不缺痰液，不知是哪一个（或一些）缺德鬼干的好事。你说打喷嚏得用手掩住鼻子，可是“仰天长喷”者大有人在，而且旁若无人。叫那些高谈阔论者不要口沫横飞，要求未免过苛了一点，但是希望烟客们注意到二手烟的危害事实，总不算太过分吧？哪知道我旁边的一位妙龄女郎却以超级女模的姿态出现。她不但对着周围无辜并手无寸铁的客人吞云吐雾，而且不忘一举手一投足之间展现美妙的姿态。我深明一技在身，现在不用，过期失效的道理，以迅雷不及掩耳的速度，在众目睽睽之下往她脸上使出了我的点穴功，然后在大家还没时间看清我的真面目之前溜之大吉。过后找谁来替她化解，可不关我的事。不过她愣在那儿的一副滑稽相，我一想到就禁不住要发笑。

该回家了。

在搭了电梯来到自己住的那层组屋时，隐约听见了一阵哭声。心想：又是角头那一家的女主人在欺侮她的女佣了。这样的事，不知道发生了多少次。但是据说女主人生性泼辣，谁都不敢惹她。女佣骨瘦如柴，肯定是与吃不够有关；至于是否遍体鳞伤，包括香烟蒂灼伤、蜡烛与熨斗烫伤、扫把打伤等的痕迹，则不得而知。我好管闲事（不敢说是“打抱不平”），蹑手蹑脚地来到她家窗前，从百叶窗的隙缝看了进去，没错，女主人正凶神恶煞地指着一个玻璃杯说：“这些是小宝宝的尿，你给我喝下去！”嘤嘤而啼的女佣缩在客厅的一角，瑟瑟发抖。我正想发功，却不幸被女主人发现了。她一个箭步冲了出来，一招“罗通扫北”，把我踢倒在地上。

不，是我睡床的下面。

床头灯，还忘了熄。

戏

场景三

当该进行的仪式都一一在大大小小的哭声中告一段落之后，邬老太太的棺木便到了非推进焚化炉去焚化不可的时候了。在场见证这一庄严却又平凡的葬礼的人，无不把目光集中在死者的儿子冯福财身上。其实，打从他随一大群亲戚朋友一起下了送殡的车子之后，他就哭哭啼啼的，使每一个见到他的人，都深深地感受到他的丧母之痛。母亲七十六了，他虽然是老幺，却也快四十了。大家都相信，过去这数十年来，他和母亲朝夕相处，一旦母亲永远地离开了人世，不管他是多么有修养或多么铁石心肠的人，能不触景生情，悲从中来吗？

一个近亲眼看着冯福财悲恸过度，整个人几乎站不稳脚，便一直跟在他左右，好在需要的时候搀扶他一把。真正参加丧礼的人，是应该时时刻刻准备做这种事的。这样，他的出席才显得更有意义。其他的人，则先后走上前去，对他说："人死不能复生，你可别伤心过度，应该保重自己的身体，节哀顺变哪！"但是冯福财头也不抬，眼睛也不看对方一下，更没说一句半句话，他只是一个劲儿地哭；或者说，又哭又叫又喊，使旁边的人都认为：他已经到了歇斯底里的地步，他完全没有办法控制自己的悲伤了。

最后，冯福财是在扑倒在地上时，被周围的人七手八脚地抬进临时休息室里去急救的。

场景二

这个设在组屋楼下的灵台，白天并没有什么人，可是一到了晚上，前来吊唁的人就多起来了。约莫八九点钟，七八张桌子，疏密不一地坐了三四十个人。

自从邬老太太的老伴冯先生心脏病发作，早她一步离开人世之后，家里便难得有客人来。冯老先生有三男一女，娶的娶、嫁的嫁，平日各忙各的，都腾不出时间回老家来看两位老人家，幸亏小儿子福财书念得少，收入不多，结了婚后，很难自立门户，只好跟老妈住在一起，以减少生活上的开销。三房式的组屋是两老的，光是这一点，就免去了自己到外头去再租房子的钱了。对于老人家来说，也因此有了个照应。

可是，谁也没想到，邬老太太竟然会因为突然中风而弄成半身不遂。更令人深感意外的是，卧床还不到两个星期，就一命呜呼了。

邬老太太前些时候是拜观音菩萨的，到了临终的几个月前，才心血来潮，改信基督教，所以她双眼一闭，家人便以基督教的仪式来处理她的丧事。停棺三天，一天一千块钱，总共给接洽来办事的人拿走了三千块钱。大家都说这还是个节省的数目呢。

虽然有哥哥姐姐，但是冯福财是一直跟父母住在一起的，关系比较密切，所以大家都推他做代表在出殡的前一晚站出来跟来宾说话。说的当然是死者的好话。因为来宾中也有非华人的，所以邬老太太参加的那个教会派了一名教友来当义务翻译。冯福财讲一句华语，教友随即翻译成英语。

冯福财说的第一句话是："我刚去世的母亲是一位伟大的母亲。"然后他以激动的语气举例说明他的母亲在他的心目中为何如此的伟大。有一两次，他哽咽着，说不下去了，只好拿出手巾来抹眼睛。在座的人看了，尤其是上了年纪的妇女，显然是受到感染，不是红了双眼，就是无声地跟着掉眼泪。

冯福财还特别提到两件发生在自己身上的事。那时他们一家还住在印尼的一个小岛上，父母开了间小杂货店，店靠海，涨潮时，地板下海水荡漾，可以抓小鱼，可以游泳。有一次，潮水涨得高，把还没进小学的小福财困在地板下，他吓得大哭。母亲在店前招呼顾客，听见哭声，才撬开地板，把脸青唇白的儿子救了出来。又有一次，冯福财在家附近的沙滩捡螺蛳，忘了潮水正不声不响地上涨，到了他发觉时，周遭已是茫茫大海。不谙水性的冯福财除了喊叫，别无他法。母亲惊闻叫声，立刻划了停在屋后水中的小船，把儿子救上岸。所以，冯福财总结说：他那伟大的母亲不只给了他一条命，而是给了他三条命！

场景一

冯福财每天下班回家，总是带着几分醉意。他喜欢喝酒，赚的钱，有不少是花在喝酒上面的。到了母亲病倒在床的时候，他的这个喝酒的习惯还是没有一点改变的意思。也许反而喝得比平时更多。他烦。母亲病了，看医生，吃药，难免会多用了儿子的钱。冯福财曾针对这一点，向他的几个兄姐提出，要他们也拿出一点钱来分担责任；因为母亲又不是他一个人的，是大家的。可是他们一个个都跑得远远的，连电话也不肯接听。冯福财现在常想：为什么他这么倒霉，当初要答应母亲由他一个人照顾；虽然真正照顾母亲的，是他的老婆，邬老太太的媳妇。“久病无孝子”，何况是媳妇呢？这一点，神志还不致完全不清的邬老太太，是慢慢地体会到的。要不，为什么她每次喊着要喝水，要大小便时，媳妇总是听不见似的。喊得紧了，急了，媳妇才迟迟出现。出现了，却是一阵责怪："你一天到底要叫几次？人家也有工作要做呢，能分分秒秒站在你身边侍候你吗？"这时邬老太太一句话也不说，也不怎么能说，她只低着头或者张大眼睛，定定地看着媳妇。

冯福财常想的另一件事，是母亲是不是会好起来？听医生说，复原的机会是很小的。那么继续病下去，要病到几时呢？不管是哪一方面，冯福财都觉得受不了。工作已经够辛苦了，回到家看见睡成一堆烂泥的母亲，他觉得更加心烦。有时，不知道出于什么心理，他会带着酒气，走近母亲床边，把她吵醒，甚至把她拉到床沿，害得母亲吓得呱呱叫。她怕跌下床来。媳妇有时看得不忍心，想阻止，却被丈夫冯福财吆喝着赶开了。不只一次，冯福财还似醉非醉地冲着母亲问："你为什么不死？你告诉我，你到底要活到几时？"像今天，母亲静静地听着，没有回答儿子的话。但是过后媳妇喂她吃粥，她却不吃了。

接下来三天，一直到媳妇发现她断了气那一天，她便再没喝下一口水，吞下一口粥了。

家事

我和奥斯曼在餐厅喝茶聊天。

奥斯曼是华人，但是大家都这么叫他，我也就跟着这么叫他了。他可以说是我认识的人里头最可爱的一个。他开朗、乐观、热情、幽默、乐于助人。跟他在一起，听他讲故事，谁都会乐开了怀。他喜欢开别人的玩笑，也不在乎开自己的玩笑。然而我相信：他告诉我的许多他的家事，都不是他编造出来的。不管怎么说，他毕竟是个又认真又诚恳的人。

今天是清明节，聊着聊着，就聊到扫墓的事。

我说："奥斯曼，你们家用不用扫墓呀？"

奥斯曼说："我的父母都不在人世了，我们家当然要扫墓了。"稍微停了一停，他继续说："不过，我只去扫我母亲的墓，不敢去扫我父亲的墓。"

奥斯曼似乎故意要留下一个疑问，我只好紧接着问他："为什么呢？"

奥斯曼卖起关子来了："你先猜一猜，我父亲有几个太太？"

我自己的父亲有两个太太，难道奥斯曼也是？于是我不说话，只伸出两个手指头来，在他面前亮了一亮。

奥斯曼哈哈大笑："差得远了，是四个！"

我吓了一跳，舌头差一点吐了出来。我说："怎么可能呢？"

"为什么不可能？"奥斯曼说，"我父亲年轻的时候，每一回从乡下回城里来，都带了一个太太。这是我祖母的意思。"

这么说我就明白了：是旧时代老一辈的旧思想，目的无非是增加家庭成员的数目，也就是使人丁更加兴旺的意思。

但是这样做，往往会酿成悲剧。我把这一点提出来，奥斯曼立刻表示同意，而且说："我家里以后发生的事就是一个典型的例子了。"

"怎么说呢？"我问。

奥斯曼说："我大妈为人很有气量，她和我二妈，也就是我亲生的母亲，相处得很好，但是当我四妈进门以后，整个家就大乱了。结果我二妈离家出走，我三妈积郁成疾，不久就生肺病死了。这一来，我们的家，四分五裂，只好各人走各人的路。我连和我父亲都很少见面了。"笑了一笑，他接着说："有一天，我在路上走，碰见我父亲。他看见我身边多了个女孩子，很高兴，就拍了拍我的肩膀，说：‘孩子，恭喜你，你终于有女朋友了。’老兄，你知道我当时怎么回答我父亲的吗？”

“你怎么回答他？”我很好奇。

奥斯曼说：“我告诉他：‘爸爸，这个女孩子不是我女朋友，她是你老人家自己的女儿哪！’——而我说的，全是事实。”

我听了，笑得前俯后仰。笑过了，才喘着气说：“怎么会呢？”

“怎么不会？”奥斯曼说，“我们一共有十七个兄弟姐妹，而且闹家变之后，大家又没住在一起。”忽然，我想起了一件事，于是问：“你还没告诉我不到你父亲的坟上去的原因。”

“原因很简单，”奥斯曼说，“我怕我父亲骂。”

我耸耸肩，说：“我不明白。”

奥斯曼得意扬扬，笑得眼睛眯成一条线：“我怕我父亲会骂我没用，骂我窝囊。他一生中有四个太太，我却只有一个。”

“原来如此！”我也笑了，我知道奥斯曼只是在寻我的开心。

为了报复，我说：“奥斯曼，你父亲既然这么风流，那么，你不是会受他的遗传的影响吗？”

哪知奥斯曼却说：“这一点你尽管放心，我们兄弟一共八个人，到今天为止，还没有一个有外遇。相命先生也替我看过相，他说我这一辈子再也不会有第二个女人了。”

“是为了忠于终身伴侣？”我问，揶揄地。

“那倒不是。”说到这里，奥斯曼严肃起来，“家庭悲剧看得太多了，我们都觉得还是一夫一妻制好。”

在淮海路上

这些日子以来，好像谁都急着往上海跑。羊年新年前，听一个中国的商界朋友说，想搭飞机，还真一票难求呢。所以他在斟酌旅游地点时，终于决定了去上海；虽然在他的印象中，上海还只是个（如他自己所说的）到处灰蒙蒙的地方。

而且，一番腾云驾雾，他就来到了上海的淮海路上。

在这条长长的，像新加坡的乌节路一样的路上走，他立刻就发觉这个城市的变化的确太大了。比方说，刚才他到了间书店去买书，就有了把所有的书都搬回家的冲动。书多极了，包装也美极了。以前，一二十年前，哪儿是这个样子？

考虑到携带的麻烦，他只选购了几本。这几本书，现在就提在他手上。

正停下脚步东张西望，迎面走来了一老一少、一男一女两个人。从穿着来看，他们并不像乞丐，但是一到了他面前，男的说："请行行好，给我女儿一点钱买东西吃，她饿坏了。”听那人这么说，他猛然想起刚才到一家西饼店买了五个蛋糕，吃了一个，还剩四个，正好可以送给这对父女。

对方接受了，只是并不喜形于色；相反的，还有几分失望的样子，悻悻地走开了。而他，仍站在原地目送他们的背影远去。

令他大表意外的是：那个做父亲的，在走了一小段路之后，竟然将装蛋糕的袋子丢进垃圾桶里。为了确定袋子不是空的。他走上前去，果然不出所料。那也就是说，那父女俩，是志不在食物了。

也许是巧合吧，正当他继续在这条繁荣热闹的大街上走时，一对穿着入时的年轻男女又过来跟他搭讪了："先生，你可以帮我们一点忙吗？"女的先开口。

"什么事？"他狐疑地看着他们。

"是这样的，"穿大衣、结领带的那个男的说了，"我们夫妻俩是从外地到这里来找工作的。工作还没找着，钱包却弄丢了，回不了家。您能不能借一点钱给我们买车票？"

站在一旁的妻子不住地点头。

他呢，摇头。"对不起，"他说，"我是旅客，带的钱不多，不能帮你们这个忙。"一边说着，一边想开溜。他想他说的话全是事实。再说，知人知面尚且不知心，何况萍水相逢，谁知道他们的话有几分是可以相信的？

但是那对男女还是耐心地紧跟着他，喋喋不休地请求，直到他心一横，加快了脚步，终于把两个人抛在后头。

在一处小公园的长凳上坐下来时，他才有一眼没一眼地翻着刚买的几本书。其中一本是好奇才买的，厚达480页，是一名退休的刑警写的，书名叫《都市街区诈骗揭秘》。

家丑

“你猜，”她问我，“我是在哪里把我的丈夫也就是这个中了风的病人带回家的吗？”我一时傻住了。我想：一个上了年纪，又有高血压、心脏病，还有糖尿病的人，只要跌一跤，仍然有中风的危险，所以我怎么猜得到眼前这个女人的丈夫中风的地点呢？所以我只能狐疑地看着她摇摇头。

她“哈”了一声，“说了你也不信，是在一间旅店里。当我接到电话赶到的时候，旅店的一名负责人告诉我，和我丈夫一起开房的那个女人已经离开了。其实我早就听到有关我丈夫有外遇的事，起先还以为是谣言，目的是挑拨离间我们夫妻之间的感情，现在我终于相信的确有这么一回事。”

说到这里，她才深深地叹了一口气。

她的话，使我听得入了神。我真没想到，像这么不光彩的事，她也肯当着这么多人的面说；更何况一张圆桌的人当中，除了一两位之外，其他的都是第一次见面的，像我。换了是我，我是绝对不愿意说的。家丑不可外扬嘛。

“那是几时的事？”有人问了。

她想也不想就回答了：“都快十年了。这十年，可过得真不容易哪！”

眼前的这个女人说她四十八岁，可是从她的身材、肤色、容貌、头发各方面去判断，却最多只有四十岁。她不但风韵犹存，而且容光焕发，是一个很有气质、很有教养的女人。我不明白从一个钟头前开始聊天，聊到她的家庭和身世时，她会那么坦然地、像讲述着他人的故事一般地把自己的事都抖了出来。

我忽然想起了一件事，于是问道：“那么那个跟你先生要好的女人呢？”

“从那一天开始，她就消失得无影无踪了。我想：倒不是因为东窗事发，而是因为有关的男人已经是个废人了。你们想：谁有兴趣跟一个半身不遂的人混下去？可我不同，我是他的合法妻子。所谓一日夫妻百日恩哪！虽然感情变色了，但是名分还在。对任何一个病人我都有同情心、怜悯心，何况有关的男人还是曾经爱过我的丈夫。所以自从带他回家的第一天开始，他在我的心目中只是一个不幸的病人，而我是一名护士。我悉心地照顾他，一年又一年，一直到他几乎完完全全康复了。”

“你的气量真好，你真伟大。”一个听众禁不住衷心地赞美她。

我也跟着说："那么你先生是不是很感激你了？不知道他是不是会因为曾经伤害了你的感情而后悔？"

"他是不是后悔我不知道。他没说，我也没问。至于感激的事，我倒不稀罕。护士是不会期待病人向她表示感激的。总之，这些年来，虽然同在一个屋檐下，可是我认为我跟他的恩情已绝，所以既不同床，异梦是必然的。但我是无所谓的，没有他的合作，我也把两个孩子拉扯大了。"

对了，我怎么忘了她还有两个孩子的事呢？现在他们怎么样了？把这个问题提出来之后，她说："都大学毕业了，而且都在做事，一个是会计师，一个是医生。我的责任完了，我也安心了。"

当她说到这里，我终于为我的疑问找到答案了：是她的骄傲，她对下一代的奉献有了成绩的骄傲，使她再也不把她的丈夫的婚外情所造成的家丑放在心上。她的骄傲，其实也就是一个受了委屈的弱女人出人头地的骄傲。当人们都以一种敬佩的眼光看着她时，她怎么还会把陈年的家丑视为家丑呢？

抱狗的妇人

我和妻几乎每天清晨都出门散步。我们散步的路线差不多是固定的，就是在停下车子之后，沿着一条树叶茂密的林荫道，到约莫半个小时路程的购物中心去。虽然目的不是购物，却往往顺便买了一点日用品，然后从原路回到停车的地方。

就在抵达停车的地方之前，一定会经过一条有几棵大树的小路；而每次，就在其中一棵尤其大的树底下的树根凸出处，总是坐着一个中年妇人，她的皮肤黝黑，长发披肩，鼻头上还戴了饰物，围裙底下，是一双穿着拖鞋的脚。她之所以特别引起我们的注意，是因为她总是紧紧地把一只小狐狸狗抱在胸前。一般的小狐狸狗是很凶的，一见到有人走过，一定会又叫又跳的，一副挑衅的模样；但是中年妇人怀中的这只小狐狸狗，却异样的驯服。它除了定定地望着行人之外，一点声音也不曾发出来。这种情形，就跟它那个面无表情、沉默的女主人一样。而每次，尽管看见我和妻经过身边，那个抱狗的妇人也没有跟我们打个招呼的意思。也许顾虑到彼此语言不通，但是点个头，露个笑脸，总可以吧，她为什么不这么做呢?

我差一点忘了再提一件事：如果那妇人不是把小狐狸狗抱在怀里，就是把它放在她摆开的两腿之间的裙子上。这时，妇人的裙子，就变成小狐狸狗的摇篮了。老实说，像我这么一大把年纪的人了，还是第一次看到有人那么对待自己的宠物呢！她难道一点儿也不怕脏吗？妻是个有洁癖，永远跟家里的猫呀、狗呀保持一段距离的人，看了眼前这么不顺眼的一幕，总是禁不住要打个寒噤。有一次她忍不住说："神经病！"

"嘘……"我立刻止住了她，"你怎么可以这样说人家？你怎么知道人家有神经病？这样说是很不礼貌的。"虽然我心里想：那个妇人，应该听不懂妻说的话吧。

不过暗地里，我其实跟妻一样，也觉得那个妇人的举止相当特别。怎么说呢？她坐的地方是树底下，没错；但是阳光强的日子，点点滴滴的阳光碎片，还是会撒在妇人的身上，那种炽热的感觉，那妇人受得了吗？她为什么不换个地方坐？莫非她真的精神异常？我听说有些精神病人，只要没有暴力倾向，医院方面，是会同意他们在家里养病的，说是这样的安排，对病人的复原反而有好处。

总之，有好长一段日子，我和妻都把那个抱狗的妇人当做不怎么正常的人看待。

直至有一天……

那一天我们在购物中心遇见一个朋友，大家在咖啡店聊天，因而比平日回来得晚了。就当我们路经有几棵大树那条小路时，恰好看见抱狗的妇人刚刚站起身，而且打开放在她身边的一把伞，和站在她旁边的一名与她同一肤色的中年男人共遮。我怎么也没想到，妇人还能说英语呢！她说："我等你，等了好久呢。"男的听了立刻以英语回答："对不起，今天迟下班。"就在男人说着话时，我看见妇人脸上绽开了一朵满足和欣慰的笑。

在目送一对恐怕是夫妻的人走远时，我看了看妻，妻也看了看我，想说什么，却什么也没有说，彼此只都发出一丝带着歉意的会心的微笑。

婚礼

收了张所谓“粉红色的炸弹”，不得不出席一个老朋友嫁女儿的婚礼。

其实我倒是先琢磨了一下子：到底是去好呢，还是不去好？听说台湾的名作家李敖，是给自己定下原则的：无论谁，凡是跟红白事有关的应酬，邀他，他一概不去。我一介小民，经常破帽遮颜过闹市，哪儿敢跟他一般做法（或者唯他马首是瞻），弄不好，几十年堆积成的友情的堡垒，就会崩塌于一旦了。所以左思右想，我叹了一口气，还是乖乖地去了。

婚礼在大酒店的宴客厅举行。好富丽堂皇的摆设，好罗曼蒂克的气氛哪。金字塔一般的蛋糕，像表演杂技似的叠起来的酒杯，充分显示出宴会的排场和气派。一双璧人，说是金童玉女固然可以，说是美女猛男也行。其实新郎我完全不认识，新娘则是我从小看着长大的，因为每一次到新娘的父母家去找老朋友聊天，总会看见没变成新娘的小女孩在她父母的膝下怀里耍乐。女儿是独生的，当然就成了掌上明珠。慢慢地，小女孩长大了，进了一间又一间学校。女大十八变，这一会儿是黄毛小丫头，下一会儿已经是亭亭玉立一朵鲜花了。

像今天晚上，我眼前的这个新娘子，不就给人千娇百媚的感觉吗？

在座的宾客，听着新婚夫妇讲述他们甜甜蜜蜜的恋爱史，无不由衷地羡慕他们。接着，他们喝交杯酒，在众人的掌声、喝彩声、欢笑声和起哄声中长长久久拥吻时，几乎每一个见证这个美好时刻的人，都敢替他们打双保单，肯定他们是一对十分恩爱的夫妻。他们是能够天天见面的牛郎织女。他们将拥有美好的未来，然后白头偕老。

但是来宾中只有我，无法像其他的人一样，衷心地为新人祝福，开怀地举杯欢笑。为什么？因为在不久前，我忽然拥有了一种特异功能，像巫师看着水晶球一样，看得见某个人的未来。就拿眼前这个新娘子吧，我知道她结了婚之后不会有孩子，也知道不必等到七年，她的丈夫就有了外遇。也就是说，男的移情别恋了。她的爱，她的关怀，她的殷勤，她的眼泪，都改变不了婚姻破裂的悲惨命运和结局。最后，她只好服毒，一死了之。

闭起双眼，在脑海中看见了这一幕之后，虽然眼前乐声悠扬，欢乐无限，我却怎么都挤不出笑来。相反的，我偷偷地拿出手巾来抹眼泪。

心里，我诅咒起我那未卜先知的能力了。

在人生旅途中，糊涂一点，不是更好吗？

玫瑰

她十六岁那年，有个喜欢她的男孩子送玫瑰给她。这个男孩子家境相当富裕。就在她生日那天，有人按门铃，她去开门，原来是花店的车子。当送货员交到她手里的是一大束使她几乎捧不起来的玫瑰花时，她禁不住吓了一大跳。她差一点就不敢相信自己的眼睛。她过后数一数玫瑰的数目，一共是四十八朵。她知道：送花的人是把她的年龄乘上三，才得出这个数目来的。她也知道：以当时的市价来说，一朵那样的粉红色的玫瑰是三块半钱，那么，那个男孩子一共是花了一百六丨八块钱买下那束花的。他真的舍得啊！也可见他多么喜欢她。他当然会喜欢她，她的美丽，是大家公认也是众口交赞的。其实她本身就像那些玫瑰一样，鲜艳、娇嫩，而且透着一阵一阵的幽香。看着手里的花，闻着手里的花，她陷入了沉思：她值得几朵玫瑰？也许不止四十八朵，而是比这个数目还要大的数目。她不能低估了自己的价值，她不应该糟蹋了上天赏赐给她不易多得的美色。于是她拒绝了那个男孩子的爱。她下定决心，她只能接受一个送的玫瑰比四十八朵还多的男孩子，如果她也对那个男孩子有若干好感的话。

再美丽的玫瑰，也耐不了多久的，它会枯萎，会凋谢。所以在开始变色时，她要设法保护它。她知道一个很好、很简便的保护花朵的方法：拿到阳光底下去晒干，使它变成了干燥花。有一回她到伦敦旅行，看见那里的一些商店不但卖干燥的玫瑰花枝，也卖装在玻璃瓶子里的、晒干的玫瑰花瓣。

凑近鼻子一闻，有一股隐隐的、淡淡的香味。她可以想象到春天来时，满园的玫瑰盛开着，姹紫嫣红，是怎么样的一种胜景，一种显赫和骄傲。她特地腾出一个房间来置放、展示她收藏、保存的干燥玫瑰。第一束收藏、保存的，当然是男孩子送的共有四十八朵的那一束。

在接下来的日子里，不断有送玫瑰的人，而房间里的干燥花的数目，也不断增加。这一束是十二朵的，那一束是十朵的或者是八朵的。每一束都是六朵的玫瑰尤其多。不管数目的多寡，她都不舍得把它丢弃。潜意识中，她成了玫瑰的收集人，也是这种干燥花的收集人。她一面收集着，一面等待着。她等待着有一天，有一个男孩子或者是男人（包括成熟的男人）会送给她一百朵玫瑰，即使是五十朵也行。只要不少过四十八朵。周围的人都知道她以前发过的那个誓言。她不能使自己突然间在众人跟前失去面子。

直到有一天，居然有人只拿一朵玫瑰作为和她见面的礼物，才使她大吃一惊。她很想接过那朵玫瑰，然后重重地打在那个人的脸上。但是她及时改变了主意，冷静、大方而有涵养地收起来，仍然晒干了，藏在专用的房间里。她慢慢地发觉到生活中的许多欢乐，许多满足感，是在自己观赏房间里的干燥玫瑰得到的。她不能再失去这一丁一点的欢乐与满足感了。

现在她就独坐在这个收藏干燥玫瑰的房间里。窗开着，望得见窗外的山，山上的夕阳。原来已经是黄昏了。房间里，除了变了色的、泛着霉味的干燥花，还是泛着霉味的干燥花。她坐在房间的中央，让没有一点水分的花朵环绕着。

她不说话，也不叹息，只是在偶尔有一阵风吹进来时，抬起手，撩一撩盖住了眼睛、盖住了脸的一绺一绺白发。

保留座位

我忘了从什么时候开始，我们这个城市的地铁列车上就设有“保留座位”（Reserved Seating）了。保留的座位通常都在每一小节车厢的四个角落，中央是搭客站立的地方。

这种座位的背后上端，是四个蓝底的白图像，标示着座位保留的对象：老人家、孕妇、腿部残疾者、带小孩者。有一个时期，旁边的窗玻璃上，好像还贴有一名电视喜剧演员的滑稽图像，绘声绘影，提醒搭客要让座给前面提到的那四种人。

我知道，有关当局这么苦心孤诣的安排，用意是好的，也是值得我鼓掌称赞的，但是我不得不坦白地承认：我虽然是一名身体健全的年轻人，却并没有言听计从——人家要我怎么做，我就怎么做。人生在世，最怕的，最应该避免的，就是吃眼前亏。你是搭客我也是搭客，你凭什么要我礼让？我礼让了，又能得到什么？比方说，当我起身把座位让给旁边的老人时，你们会对我说一句赞美的话吗？我从来就没有看见有人这么做过！有一两次，我看见有个傻瓜在发觉到有颤巍巍的老人上车时，就以一副敬老尊贤的姿态站了起来，让出了座位，我就没听见有人拍手表示赞赏。

但是我却发觉：当我身边有老人或孕妇等站着，而我视若无睹，屁股像被万能胶粘住了，不曾起身让位时，有人恶狠狠地瞪着我，好像我做错了什么大事一样。其实，我让不让位，关他们什么事。再说，他们能拿我怎么样？骂我吗？把我拉起来吗？谅他们也不敢！我们的国家是个民主国家，国民有个人的自由啊。这就叫作人权，而人权是不容别人无礼侵犯的！

为了免去一些不必要的麻烦和引起的争执、吵闹，我只好想出几个眼不见为净的办法。比方说，当我霸占了保留座位，而旁边又有老者仓皇四顾，想找一个座位歇歇脚时，我就把长时间带在身上的书拿出来，聚精会神地翻阅（我不喜欢读报，在地铁上读报，翻开时十分麻烦，有时纸张会碰到邻座的人。招人白眼，甚至怒目而视，像跟我结了三代的仇恨似的）。这是办法之一。办法之二是听小型收音机或录音机、MP3什么的，而且要像老僧入定一样地听，这样才能摆出一副旁若无人的姿态来。办法之三是闭目养神。你知道的啦，人一旦闭上了双眼，周围发生了什么事，你怎么可能觉察得到。我们不是常说："不知者无罪。"我既然什么都不知道，你难道还能怪罪我吗？再说：你知道我昨晚几点钟睡觉吗？我可能玩电脑游戏玩到三更半夜，也可能看足球看到天亮！办法之四是打手机。打给谁都好。随便聊聊天嘛。反正政府并不禁止人们在坐地铁的时候“讲电话”。我讲电话讲得入神，哪里知道有孕妇挺着大肚子站在旁边？

话虽这么说，也有发生意外的时候。有一次，不知道倒了什么大霉，当我正跟一个朋友嬉皮笑脸地聊天，聊得天花纷纷落了一大腿时，只听见有人“喂”了一声，我抬头看，一个彪形大汉一边盯着我，一边指着他身旁一个抱着小女孩的女人说：“你没看见你背后的图像吗？见了抱孩子的搭客，就应该让座，你还啰里啰唆干什么？”我本来想不理他，心想：你又不是我的“什么人”，管这么多干什么？但是看那家伙凶神恶煞的，只好抱着“君子不吃眼前亏”的态度，乖乖地站了起来。

站起来倒也罢了，但是当我注意到周遭有人似笑非笑、满脸幸灾乐祸的样子时，我实在冒火！

算了，算了，不说了。

楼梯

对尉老先生来说，像今天这样的日子算是大日子了。怎么说呢？因为平时他和老伴两个人住，日子过得好孤单，好寂寞，今天全拜所谓父亲节之赐，几个另立门户的儿子和女儿都约好了，一起来带父母出外去吃一餐。

两个老人家倒并不怎么在乎吃，其实，上了年纪有了各种病之后，这个不能吃那个不能吃，能吃的，就所剩无几了。他们感兴趣的，主要是热闹。一家大小聚在一起，那场面，跟过新年的确没有太大的差别。尤其是还能抱抱孙子，更叫两个白了头发的人乐开了怀。

这一次孩子们定的餐馆虽然叫做什么楼，实在并不是在高楼大厦里，而是一座只有两层楼的建筑物，只需上一道十多级高的楼梯，就可以进入餐厅了。一进入餐厅，喧闹一番，坐了下来，刚好坐满一张大桌子。

起先，大家都还高高兴兴的，气氛也还融洽，后来有人提到了钱，而且在这个问题上争执不休，被忍无可忍的父亲喊了一声，大家才静了下来。结果后面的几道菜，滋味究竟如何，多数人都不知道。

筵席是没有不散的，为了庆祝父亲节的这一桌筵席转眼也就到了散的时候了。

尉老先生闷不作声地走在前面，老伴和孩子们在后面跟着。正当他走到楼梯旁边，想踏下第一级时，忽然一脚踩了个空，“呀”的一声，整个人一个趔趄，滚了下来，众人想抓他一把，已来不及了。

七手八脚扶起来时，人早就晕了过去。

到了医院，才知道是中风。

好不容易救醒了，却已不能言语。

躺在病床上的尉老先生，睁着一双无神的眼睛，空洞地望向前方。

旁边，是孩子们唧唧喳喳的声音。

有一个说：“要是我们不在这一天来就好了。什么父亲节，还不是商人搞的把戏。”

另一个说：“我倒认为如果不到这一家来吃，爸爸就不会出事了，也许这一家的风水，跟爸爸的八字不合。”

还有一个说：“谁说的？分明是这道楼梯惹的祸，要是乘搭电梯，一定没事。”

说话的人的每一个字，尉老先生都听得清楚。他想纠正他们，可惜开不了口。

其实，只有尉老先生一个人知道跌下楼梯的真正原因——他被气昏了。

条条小路

夜已深了，钟见彬还驾着的士在加东一带寻找搭客。今天他驾的是晚班；早班是另一个几个月前被公司裁退的前副经理在驾。小钟已经记不清从几时开始，的士司机的队伍就多了一些与过去的同类人物不同的人。有时候只要稍微注意一下他们的穿着、谈吐等，就知道他们不是那种干这一行一干就是一二十年的人。失业了，一时又找不到更适当、能养家活口的工作，就转行当的士司机了。像小钟的这位伙伴，开始时畏缩迟疑，连早班都不怎么肯驾，怕见到的熟人太多，后来心一横，豁出去了，就不再当一回事了。总得说服自己：大丈夫，要能屈能伸嘛。小钟自己还不是也一样，他当的士司机也只不过当了三四个月。

在这之前……哎，在这之前他可也是一个部门的主管呢。只因为误交损友，染上了赌博的恶习，不但把半独立的洋房赌掉，最后连工作也保不住了。那时候，他驾的是什么车子呢？对了，是马赛地 230！那时候，他的确怎么也没想到有一天他驾的会是一辆的士！

在昏蒙的夜色里，在回忆的旷野上，小钟迷迷糊糊地，似乎又回到了从前，手中抓着的轮盘，竟是属于那辆马赛地的。夜色阑珊，他从俱乐部出来，正想回家。

忽然，小钟听见有人叫："的士！"是路边一个经过化妆，不怎么说得准真实年纪的妇人。

上了车，和她搭讪："安蒂是打完麻将要回家？"对方起先不开口，后来才勉强地回答："不是。"

不是？小钟偷笑了一下。像这种夜归的妇人，他见多了。有时一眼就看得出来，她们在这个时间在干些什么。这位妇人只是"生人面前不说真话"，有顾忌罢了。也有大方一点的，还会在归程中跟小钟大谈方桌上的战绩呢。另一类夜归者则说是唱卡拉 OK 的。提了个大袋子，里面装的却不是唱碟，装的是什么呢？不过小钟从不拆穿她们无伤大雅的谎话。

小钟常想起一句老话："条条大路通罗马。"他现在眼前的路，恐怕条条都是小路吧？当一名的士司机，奉公守法，不偷不抢，能够零零碎碎地还一点赌债，已经不容易了，哪儿有办法回到从前？小钟现在不在乎让熟人知道，他住的，是一房式的政府组屋！

投诉

作为一间公司的领导人，老贺最主要的工作是扩展业务。远在法国的总公司之所以那么信任老贺，只因为在他英明的领导下，公司产品在新加坡这个市场的占有率居然达到50%以上。真了得！

为什么老贺这么有本事？是因为他有商业道德？不对，凡是认识他的人，都知道他做生意，是最缺乏商业道德的。他说过的话，答应过的事，随时都可以一笔勾销。是他的人缘好吗？也不是；其实刚好相反。他是恶名昭彰的，所以无论他去到哪里，都有吃过他的亏、上过他的当的人在臭骂他。这一点，老贺难道不晓得吗？不，他晓得，早就晓得。晓得了又能怎么样？他可以置若罔闻。他想：你们能拿我怎么样？反正如果是他的职员，他可以马上叫他们走路。职位出缺是吗？没关系，我另外再找人来填补。反正现在经济萧条，失业人数多，征聘广告一登出去，应征的人数可以排成一条龙。

不是有所谓厚黑学这门学问吗？说什么做人脸皮要厚，心要黑，那么，老贺便十足是个脸皮厚心黑的人。

有一天，几个常受老贺的气的雇员聚在一起休息喝茶，谈到老贺时，大家都赞成有机会应该好好对付他，以报万箭穿心之仇。其中一个想了一想，建议说："为什么不写封信，寄到法国总公司去，把老贺的为人，详详细细地告诉总公司的总裁，要求他把老贺拉下马，另请适当的人选。总公司的总裁，总不会跟老贺一样，是一丘之貉吧。只要我们联名投诉，他怎么会不偏向我们这一边呢？"

听话的人有两三个频频点头，连声说："好主意，好主意，我们大家就这样办。"

但是其中一个老雇员却说："没用。"

"你怎么知道？"每个人都看着那个反对者。

对方说："在商场上，是没有什么是非可言的。所谓在商言商，有钱赚是决定对或错的唯一标准。而且，偷偷地告诉你们吧，我就是上一次那个写信的人！"

在考场里

门一打开，监考员进来了。

我最后一个赶到，幸好还没超过规定的时间。

今天是星期天，原本我跟朋友有约，想去看一场电影，为了这场考试，只好牺牲。

一进考场（其实是我们平时上课用的一间课室），看见班上的六名同学来了五名，难道这一科的及格率这么低吗？

用脸上的表情和肢体语言问了大家这个问题，他们也以同样的方式作答。真不知道是怎么搞的。我听说一项考试，如果及格的人数太少。出问题的也许不是学生而是老师呢。不知道这一次究竟是老师出了问题，还是我们学生出了问题。应该先交代一下了。我原本是个大学毕业生，在大学里念的主要是工商管理方面的课程，成绩平平，所以毕业后虽然好不容易才找到一份工作，可惜生不逢时，恰好遇到世界性经济衰退，到处裁员，我也被请出了办公室。以后的几份工作都不稳，日子是在提心吊胆中度过的。大家都说，倒不如趁这个时候多上一点课，多学一点本事，将来雨过天晴，作为雇员的我再度出击时，才能“条条大路通罗马”，不会被困死在一个小地方。我认为这话有道理，于是在多方打听斟酌之后，到一间商业学院报名读大众传播媒介的科目。我对这方面的知识本来就很有兴趣，只是学费太高了，每周上一天课，就要花一百块钱。代价虽高，但是为了将来，又有什么办法呢？我也算过了，为了得到这张文凭，我已经花了一万多块钱。

至于考试费，每一科是两百块钱，数目也十分可观。只要有一科不及格，需要补考，就意味着要多付给学院两百块钱，真要命！不参加补考吗，文凭拿不到，前功尽弃，更糟。这次为了务必考试及格，我特地向我工作的公司请了两天假期，读了个天昏地暗。

监考员其实也就是我们的讲师，平日上课十分严肃，今天监考，反而嬉皮笑脸。最令我大感意外的是，他一分发完考卷，就说：“你们可以讨论，也可以用电脑查资料。”然后扬长而去。

过后我碰到常跟我喝咖啡的一名办公室职员，他偷偷地告诉我：“你们的文凭早就准备好了，是我填写的名字。”

朋友的朋友

我和阿唐是在一家乡村俱乐部认识的。他叫唐什么，我到现在还不知道，也不想知道。这个标准，其实每个人心里都会有的，只是没有说出来。开始的时候，由于读音不准，我还以为他叫阿谭呢，后来弄清楚了，才知道是阿唐。

阿唐的确是我朋友的朋友。我朋友叫小张，阿唐和小张都是俱乐部的会员，他们两人也是同事。小张知道我跟他们一样，喜欢唱卡拉OK，偶尔心血来潮，小张会摇个电话，叫我到他们的俱乐部去唱。虽然我唱的多半是老歌和流行曲，他们唱的则是清一色的民歌，但是这两种碟子俱乐部的音乐厅都有，没有妨碍。

说起来惭愧，我唱卡拉OK，纯粹是自娱，或者说自我陶醉；他们则不同，他们是拜师学唱的。小张是参加小组，阿唐是一对一——也就是声乐老师在同一个时间里只教他一个人。付的钱多，但是学习效果好。在一次师生演唱会上，阿唐还上过台呢。是独唱，唱的是一首叫做《乌苏里船歌》的歌。用钢琴伴奏。听小张说，用钢琴伴奏的比较高级，因为弹钢琴的人要迁就唱歌的人。不像我们这种唱卡拉OK的，是唱歌的人必须紧跟着机器播出的伴唱音乐唱。

所以我一开始就有点佩服阿唐，总会主动地找话去跟他搭讪。比方有一次，他唱《十五的月亮》，我觉得好听，就把这个看法告诉他。他听了，只说："是吗？"就笑笑地走开了，不跟我多说一句话。不像小张。我赞美小张时，他一定会找机会跟我聊天。

我注意到阿唐唱歌总是很大声。我对他这么说了，他看都没看我，说："不是大声，是key高。你连这一点都分不清吗？"

但我还是觉得阿唐唱歌声音的确很大、很强。正因为这样，他不像我，老是把麦克风凑到嘴巴前面，好像一口要把它吞下去一样。他拿得又低又远。他还说："即使不用麦克风，我也可以唱。"这一点我相信。有时他在播唱机还没开播时，一个人先引吭高歌，登时声震落地长窗，我握在手里的玻璃杯，似乎也微微地颤动。

有时不唱歌，大家聚在一起喝茶，常听见阿唐申诉他对工作的不满："像我这样四十岁还不到的人，为了每个月三四千块钱，躲在办公室里受老板的气，真太委屈人。有机会，我一定要跟老板说bye bye。"

接下来好长一段日子，小张忙，没邀我去唱歌，我也就没见到阿唐了。毕竟阿唐是朋友的朋友嘛。到了有一天，小张和我去听一场音乐会，无意间又见到了阿唐。

令我深感意外的是：这一次，阿唐对我非常热情。他竟然主动伸出手来跟我握，还问我唱歌进步了多少，使我有点——怎么说呢？受宠若惊，是受宠若惊。

更叫人吃惊的是：他还约我们散场后，一起到老巴刹①吃夜宵。我考虑到太太在家等我，没有接受。

后来小张告诉我，阿唐辞职不干了，现在全职在做健康食品的销售。

---

①老巴刹：新加坡的一个美食中心。

征兆

吃过晚饭，靠在沙发椅子上看报，他无意中看到这样一则新闻，说是一个女人如果经常去看医生，一个看了又换另外一个；同时突然间喜欢穿红戴绿，那么，她的家人，就应该密切地注意了，因为这正是她准备自杀的征兆。

看到这里，不知道为什么，他竟然想到自己的太太。他觉得太太最近的确有点怪。几个月前刚跟她结婚的时候，她并不是这么一个样子。他从来就没听说过她的身体不好。从外表看来，她也一点都不像是个体弱多病的人，但是这两三个星期以来，她动不动就去看医生。据他所知，她还不是看一个医生，而是看了两三个医生呢！问她是不是什么地方不舒服，她又摇摇头，一句话也没说。都已经是夫妻了，有什么病，难道还得瞒着丈夫吗？这是一点。

另一点是她一向穿着都很随便，即使在度蜜月那段时间，她也很少穿大红大绿的衣服，但是最近，她却穿得相当花俏。穿得花俏敢情好，只不过太突然了，使人不得不起疑心。报纸上面说，一个有自杀企图的女人之所以穿色彩强烈的衣服，是打算死了之后，能变成厉鬼，向那个把她推进坟墓里的人报复。如果太太真的想自杀，那么，她的仇人究竟是谁呢？总不会是做丈夫的他吧？他压根儿就没做过对不起她的事。

总之，一定有什么事情是他所不知道的，他非设法弄清楚不可。

可是，怎么弄清楚呢？直接问她吗？不行，这样太唐突了。也许自己慢慢地观察更好。

从放下报纸那一刻开始，他就尽量利用机会注意太太的一举一动了。不注意则已，一注意，他就觉得太太的确很不对劲，她几乎带一点鬼鬼祟祟。

发觉先生老是朝着她看，做太太的不自在起来了。到了忍无可忍时，她冲着他问："喂，你怎么啦？"

"没什么，"他只好吞吞吐吐地说，"你为什么这么问？"

"还说没什么，"太太反问，"要是没什么，你为什么老是看着我？"

他不得已，只好承认："说实在的，你近来有点儿怪。"

"我有点儿怪？"太太假装若无其事，"你倒说说看，我究竟有哪一点怪？"

他索性实话实说了："你自己说，你最近为什么总是往医院和药房跑？你到底生了什么病？”

她一听，禁不住笑了。

“你还笑。”他说，有几分责怪的意思。她认为到了这个时候，还是把真相和盘托出吧，于是说：“我是想请医生检查一下，看看是不是有了孩子。”

“结果呢？”他追问。

她害羞了，她说：“我暂时不告诉你。”

“好，”他还没找到答案，“要检查，一个医生就够了，为什么要看好几个医生？”

她知道这个问题很容易回答：“只看一个医生怎么有信心？要是检查有错误呢？”

他觉得她的话也有道理，但是他还有一个问题没提出来：“你再告诉我，你改变作风，穿得像只蝴蝶，又是什么道理？”

“哎呀，你连这个也注意到了？”她颇感意外，但是内心深处却十分欣喜，“要是现在不穿得漂亮一点，以后挺着个大肚子，穿什么衣服都没用了！”

虽然多此一问，他还是忍不住问了：“那你的意思是说，你已经怀孕了？”

她不开口，只是红着脸微微地笑。

光明正大

金满圆在产科医院的休息室等待着。他心里实在十分紧张。太太生第三胎时，他都没这么紧张。

这得从金满圆初为人父的时候说起。金太太第一胎就给丈夫生了个男的，琢磨给孩子取名字的时候，刚好是晚上，金满圆抬头一看，天花板上的灯正亮着，于是他灵机一动，就说:“有了，就叫阿光吧。”金太太也认为“光”这个字好，容易叫，意思也不错。

到了金太太生第二胎时，竟然也是个男孩，夫妻两个都很高兴。他们一向都认为儿子比女儿好，儿子能传宗接代。不像女儿，养大了，都得嫁出去，成为别人家的人。那样不好，吃亏。连金太太这个女流之辈都这么想。给第二个儿子取名更简单。金满圆说：“我们常说光明、光明，有了光，再加上明，那就更亮了，我要我们的儿子的名字叫做阿明。”

隔了两年，金太太的肚子又争气了。

金满圆是相信多子多福这个说法的，所以他除了希望太太平安地生下这一胎之外，也希望这一次生下的还是儿子。

一连生三个儿子的机会不多，不过金满圆一向是相信运气的，他认为人只要运气好，什么吉祥事都可能接二连三地降临。“添丁发财”这四个字常常连在一起，可见“丁”和“财”是有关系的。

其实，事实已经证明金满圆是个既添丁又发财的人。在短短的三年里，金满圆不但中了一次万字票，赢了两千块钱，还中了一次马票，皮包里凭空多了一笔钱。虽然是安慰奖，钱不多，但毕竟也是横财呀！

“人无横财不富”，金满圆有了横财，即使称不上是大富，起码也是个小富。金太太还说了又说，丈夫一而再地在金钱上有额外的收获，很可能是儿子带来的运气，所以夫妻两个人都很疼两个儿子。

后来金太太生下第三胎，竟然还是个儿子。这一次，金满圆实在喜出望外。在取名字时，他忽然想到：有句成语叫做“光明正大”，“明”字的后面是“正”，那就连下来，新生的婴儿叫阿正吧。金太太当然赞成。

到了这个时候，金满圆才若有所悟。他发现自己的确是个“有一颗星在天上”的人。现在他无论做什么事都更加小心，更加在意。他要求的，是一个十全十美的人生，一个圆满的人生。圆满，对了！他的名字不是叫做满圆吗？倒过来，不就是圆满了？也许冥冥之中，已经注定了他将是个一生中在各方面都圆圆满满的人。不久以前，他生意做得好，赚了钱，买了间独立式的洋房，当他请了风水先生来给他的房子看风水时，风水先生就建议他在房子前挂一个圆圆的阴阳鱼。小花园里的莲花池，早就画好圆圆的设计图了。虽然用不着喝井水，却在园地一角挖了个圆圆的井。这一切，还不都是为了讨个吉利。

现在金满圆在产房外面等待好消息。要是太太这一胎还是“庆幸得男”，那么，他不但不必为给儿子取名字的事操心，顺理成章地把他叫做阿大，而且金满圆以“光明正大”来给四个儿子取名的梦想，也就顺利地实现了。金满圆认为人生可以做到毫无缺憾，这样不就是毫无缺憾了吗？他不知道为什么，竟想起过去打麻将的事情来。

在他多年打麻将的历史中，他有过不止一次做清一色牌子的经验。起先以为是绝对不可能的，但是打着打着，咦，都差不多了，就试试看，经营一番吧。进出几张牌，果然他成功了！

想到这里，金满圆先是听见婴儿的哭声。过了不久，护士出现了。一问一答，护士给他的答案，跟他心里所期待的，居然完全一样，金太太又生了个男孩！“哈哈哈，光明正大，光明正大……”金满圆禁不住得意忘形地笑出声来。

就在这时，家里的女佣一手抱着阿明，一手拖着阿正，神色慌张地走了过来。

“什么事？”金满圆问。

“先生，”女佣刚叫了一声，就哭了起来，“我找阿光找了半天，他不在屋子里。后来我到后院去看，原来他掉到井里去了。”

“那么——”

“邻居帮忙捞了起来，可是，已经断气了……”

咖啡喝到一半

几乎每天，我都会起个早，然后背着一个百宝袋。步行到我家附近的一家咖啡店去喝咖啡。百宝袋——这个我自己杜撰的名称，灵感得自于百宝箱。它里面装着的，除了一份报纸，还少不了一个热水壶。老人家，说不准什么时候浑身发冷，口干舌燥，觉得需要喝一口热水，才能够把一条老命从阎罗王的手里夺回来。还有一小瓶风油精，怕大热天，在马路上踽踽独行，中了暑。至于其他的东西，不外是几粒糖，一包花生，一两个能剥皮的橘子。嘴馋嘛，这些小吃，也有提神醒脑的作用。

我到咖啡店去，说是喝咖啡，其实是在人群中找个地方坐坐。人真奇怪，又是爱清静，怕吵；又是无法抗拒来袭的寂寞。自从老伴弃我而去以后，性格孤僻的我，虽不愿意主动找人聊天，却还是喜欢杂在人群中，感受一下热闹的气氛。有人说，孤独不等于寂寞，我同意；但是当我孤独时，寂寞之感，总是油然而生。到咖啡店里消磨时间，度过我所谓黄金岁月，我一定要带一份报纸的原因是，这样才不会显得可怜兮兮。我不是无所事事，我不是百无聊赖，也不是看着前面的一片空无发呆，我是在忙碌地看报纸，忙碌地关心国际和国内的动态呢！

在没有退休之前，我的正业是一名教师，因为对文学有兴趣，参加了一个文学团体，所以在“能者多劳”的借口下，被人拉出来编一份刊物。虽是双月刊，但是知名度还不小；不但吸引了一些本地写作人的青睐，连海外如中国台湾、香港和大陆都有人把稿件寄了来。所以我结识了不少稍有名气的诗人、作家。我还保留了多封他们写给我的信。这也是我珍贵的收藏品的一部分。有机会的时候，我会拿出来炫耀一番，表示自己交游甚广。当然还包括他们寄给我的、精美的圣诞卡和贺年片。有次我到中国去，还有人接待我，陪我游山玩水。只是后来我退休了，刊物也没得编了，不但再也收不到稿件（还寄给你干什么？），连信和贺卡也不见踪影。最好笑的，也可以说最令人感慨万千的是一名本地的作者，本来是每年寄两次卡给我的；有一次我生病（是胆结石）住院，不知道他的消息怎么那样灵通，竟然带了鲜花和水果到医院来探访我。到了我无业一身轻之后，什么都没有了，算起来，我大概有十年不再见到他，或者得到关于他的任何消息。最近我唯一的女儿要出嫁，摇电话给一个曾经在我编的刊物发表过不少作品，还经常跟我有来往的朋友，想邀他出席结婚宴会，他竟然拒绝了，弄得我一时好难堪。我记得很清楚，当时，我们是这么对话的：“老唐，这个中秋节的前夕你有没有空？”

“应该有吧，”停了一停，他问，“有什么事？”

我把事情说了，他忽然面有难色（虽然我看不见他的脸）地说：“是晚上吧？”

我心里想：废话！结婚喜宴还有在白天举行的吗？但还是客客气气地回答说：“是的，是在晚上。”我没猜到对方明知故问，是有他的目的的。他顺水推舟了：“实在对不起，我眼睛不好，晚上很少出门，令爱的酒席我不便参加，真是得罪了，Any way（他忽然夹杂了英语），我在这里先向你道喜。”

我当然礼貌地说：“不要紧，不要紧，谢谢。”然后知趣地挂了电话，心里不由这样想：如果现在我还掌握刊物主编“大权”，他会推三推四吗？人哪，真是太现实了！

当我翻报纸，翻到台湾蓝、绿营对垒的一则新闻时，发觉身边站了一个人，是一名中年妇女。她问：“我可以坐下来吗？”

我说：“可以，当然可以。”

我以为她是推销什么新产品，或者收保险什么的，但是注意一下她的穿着，又觉得不像。

她坐下了，第一句话是：“你很喜欢写作？”

我说：“是是是，以前写过一点东西。”没想到她是认识我的。而且，我现在没有再写作了，是因为听说年纪大了，写的东西没人要看。现在什么都讲究年轻，现在的世界，是一个年轻人的世界嘛。

“唔，对了，”她说，“蔡先生……”

我赶紧打断了她的话：“对不起，小姐，我并不姓蔡。”

她有点不好意思：“什么？你不是大名鼎鼎的蔡澜先生吗？”

我笑着摇了摇头。

那一刻，我的咖啡才喝了一半，杯里的另一半，凉了。

百种人

刚从浴室出来，就见到那个轮班的清洁女工了。碰过她若干次之后，她不知道怎么的，就把我当成可以推心置腹的老朋友看待。有什么不顺心的事，如被管工的欺侮，以至工作时间太长，工作量又大，等等，她都一五一十地向我申诉，好像这么一来，我就能够帮她什么忙的样子。有时候当然也谈别的，像今天。

“安蒂，有一件事情，也许你不知道，你不要以为我们这个乡村俱乐部的会员都是有钱人，他们就一定不贪心，一定都是有教养的人。我告诉你吧，其实不是这么一回事的。你听过穿得漂漂亮亮的太太小姐偷只值一两块钱的爽身粉没有？每一次我刚从储藏室拿了一些出来，放在桌子上，哪知一转身就不见了，不是这些会员偷了谁偷了？人家说一种米养百种人，实在一点也不错。我不知道这些偷小东西的人，究竟是哪一种人？”

我说："真的有这回事吗？"

"难道是我骗你的吗？"女工（我从来就没问她叫什么名字）有点夸张地咧了咧嘴巴，"更叫你想不到的事情还有呢。有一个女会员，连卫生纸都不放过。只要她从那间厕所出来，那间厕所里两卷卫生纸就不见了。"

"是吗？卫生纸一卷才值多少钱，也用得着偷吗？再说，你都拿走，别人大便好了，才发觉没有卫生纸，怎么办？"

"就是嘛，"女工说，"安蒂你会这么说，可见你是个有良心、有道德的人，不像她们那些人。安蒂我再问你：你知道阅览室里的杂志为什么越来越少吗？"

我看着她，摇了摇头："也是被偷了？"

"以前是，现在不是，"女工说，"就因为负责人被偷得怕了，才把那些多人要看的杂志收起来。我没有骗你，安蒂，有时候连当天的报纸也没踪影呢。"

我笑了，表示这样的事的确不可思议，的确荒唐，的确好笑。

"你别笑，安蒂，我再告诉你一件好笑的事：有一个女会员，几乎每天晚上，都开车带着女佣到这里来，你猜她们是来干什么的？"

"洗澡？"

"只猜对一半，"女工说，"另一半是洗衣服，节省自己家里的水嘛！”

聊到这里，我发觉我已经吹好、梳好了头发，该回家了。才走了两步，就发觉有东西差一点就忘了带，立刻冲进浴室里。我辛辛苦苦地从家里带了个空瓶子来装满一瓶子肥皂液，不带走，不是太可惜吗！

变数

这次到悉尼去，我还是吃不惯洋人吃的东西，所以一个人特地跑到唐人街去，找回了十多年前去过的一家华人餐馆，想叫一两道中国菜，以满足口腹之欲。而所以要找回同一家餐馆，是因为那一次跟那家餐馆的老板萍水相逢，却谈得很投机。再说，他虽然说是老板，同时也是厨师，一切亲力亲为。他做的菜，相当地道，很合我的口味。只是，事隔这么多年，他的餐馆，他的人，是不是都还在呢？总算我运气不错，我竟然找到了餐馆，也看见了他。

上一次看见他时，他只是个三十出头的年轻人，现在已经是个头发微白的中年人了。

“哈罗，法兰士，你好吗？”我像见到老朋友那样地跟他打招呼。

他看了我一眼，先愣了一下，然后兴高采烈地说：“是你呀，法兰士，好久不见了。”

说起来也真巧，我们两个人的洋名都叫法兰士，这也就是虽然事隔那么多年，我们彼此都还能叫出对方名字的缘故。

当法兰士不再忙着招呼客人时，他主动走到我的桌子旁边坐下，问我："怎么还记得我这个人？"

我说："我还记得你告诉过我你的奋斗史呢！"

"是吗？"他好像不太相信。

"是呀。"然后我把当年他讲给我听的事简单地复述一遍，接着问他："是这样吗？"

他点点头："没错，你的记性真好。"

"不是我的记性好，而是他乡遇华人，分外亲切，印象也就特别深。"我对法兰士的认识是：他本来是一名浪迹天涯的浪子，不知哪里是真正的故乡。那时他穷途末路，来到悉尼时，和一名在餐馆工作的洋妇爱丽丝一见钟情，终于共结连理，还生了三个孩子。也就是说：法兰士由孑然一身，一下子就变成五口之家的男主人了。从此，他总算定居下来，不再做流浪人。他找到了幸福，幸福也慷慨地赐给了他。这时，我发觉法兰士的妻子不在柜台后站着，问起他，他沮丧地说："我们离婚了。"

问他为什么，他说："连我自己也说不清楚，也许夫妻之间，也跟一般人一样，只能共患难，不能同享清福。都已经是老夫老妻了，她却说我不再爱她、在乎她，便弃我而去了。”

“没有第三者？”

法兰士摇摇头：“据我所知，没有。”

“那就怪了。”我不明白。

“洋人到底是洋人，”法兰士说，“他们有些想法，的确是跟我们华人不同的。”

“那么孩子呢？你的那三个孩子，跟谁？爸爸还是妈妈？”我总要问到这件事。

法兰士叹了一口气：“都跟了妈妈。”

我表示惊讶和不平：“这怎么可以？”

“没办法，”法兰士说，“这是孩子自己的选择。你没见过他们长大的样子，你不知道，他们虽然有华人的血统，但是一个个红头发、蓝眼睛，跟纯洋人一模一样，这就难怪他们要向着妈妈了。”

“那么你现在……”我话还没说完，法兰士接着话头说：“我现在又被打回原形，成了孤家寡人了。”

我一时竟不知道怎么安慰法兰士，只好说：“不一样的日子，还过得惯吗？”

法兰士斩钉截铁：“过得惯也得过，过不惯也得过，有什么办法呢？人总应该面对现实呀！”他一副兵来将挡，很豁达的样子。

但是作为听故事的人的我，却替法兰士感到心有戚戚焉。我想，少年壮志在消磨殆尽之后，再面对重大的打击，他承受得了吗？

谈到这里，有客人进门来，法兰士站起身，准备去招待客人。走了两步，却回过身来，对我说：“总之，我现在充分地了解到、体会到：人生虽短，却有许多变数，我们就沉着地等待着应变吧。”他居然挤出了一个微笑。

难以启齿的事

“那件事情你跟爸爸妈妈说了没有？”曹静问罗伟。

罗伟沉默了半天，才说：“还没呢。”这么回答时，他稍微低着头，似乎有几分对不起他这个未婚妻的意思；因为原本他已经答应曹静，一定会把这件事情跟两位老人家提出来。正式结婚的日子越来越近了，再不说，就迟了。其实到了现在，他们这两个即将组织新家庭的年轻男女还没探询过两老对他们搬出去住的看法。要是小夫妻一句话也不说，不透露一点风声，到时候收拾了衣物就走，两老一定会感到十分意外和突然。说不定两老盼的是年轻人婚后会跟他们同在一个屋檐下活动，将来他们年纪越来越大了，有儿子和媳妇可以做伴，甚至还可以照顾他们。现在把另起炉灶的事提出来，就等于使他们的期待落空，希望破灭，那岂不是很残忍？

还有一点，罗伟记得很清楚，他打从很小很小的时候，就不止一次地告诉爸爸妈妈："我是个好孩子，孝顺的儿子，将来我有了妻子，一定要留在你们身边，好好地照顾你们，让你们高兴。"

可是现在，他却改变了主意，要自立门户了。这起先并不是他自己的意思，是他未来的妻子曹静的意思。不过她的主张也是很有道理的。她说："毕竟是两代人，对各种事情的看法都很难完全相同。当然，我明白，我们做小辈的可以迁就，但是勉强久了，心里一定不愉快，可能还会发生争执；倒不如我们搬出去，只要住得不远，还是可以经常回来看他们，照顾他们的。"

罗伟不敢妄下定论。如果他不赞同曹静的看法，她也就不会接受他的求婚，但是从她说话的口气看来，她是坚决要罗伟跟她一起做出这个决定的。

问题是，这么难以启齿的话，怎么在触犯与激怒长辈的情况下跟他们提出来？这几天，罗伟本来已鼓足了勇气，要跟两老谈这件事，但是每次找到了恰当的时间，却发觉两老偏偏不在家。他们一向深居简出，最近去了哪里呢？

今天，两老终于都在家，等得不耐烦的曹静对罗伟说："要不，我们一起去跟爸爸妈妈说吧，我给你壮胆。"

于是，两代四人各自表情有点凝重地坐在客厅里。

口齿本来相当伶俐的罗伟忽然词不达意地把话说了，曹静则低着头，不敢正视眼前的老人，而且心里做好了被责备一顿的准备。

但是罗老先生却胸有成竹地听着，到了最后才说：“我和你妈都非常同意这样的安排。最重要的一点是，这一来，我相信我们将可以一直保持良好的关系。要是等到双方闹了意见，然后不欢而散，那就很遗憾了。不知道你们是不是注意到，这几天，我和你们老妈时常不在家，我们是去看房子。我们决定把现在住的这间排屋卖了，再补一点钱，换成两个单位的共管式公寓，我跟你们老妈住一个单位，你们小夫妻住一个单位。地点已经有眉目了。”

寻宝游戏

我和两个死党小刚和志毅从小就经常在一起玩。我们最喜欢的游戏是捉迷藏。我们有时把后巷的水沟，也作为藏身的地方，顾不了老鼠偶尔会从身旁跳过，蟑螂更多次爬到我们手上、脚上甚至脸上来。

后来我们长大一些了，觉得捉迷藏太单调，不怎么能引起我们的兴趣，于是小刚建议我们改玩寻宝游戏。其实玩这种游戏的念头，是小刚看了电视节目后引发的。我们住家附近有一个小公园，当我们玩这个游戏时，便由其中的一个人，比方志毅吧，把一些小东西藏在树底下或者花坛里，让我和小刚分头去找，找到的人可以得到奖赏。多数时候是由输的人请吃汉堡包或薯条，喝可乐等。我们把这种游戏叫做寻宝游戏。玩这种游戏，比玩捉迷藏有趣多了，也更加刺激和耐玩了。有时一玩，就是一两个小时。

有一天，点子特别多的小刚忽然说：“我想到了一个新鲜的寻宝游戏。”

“为什么说是新鲜的？”

小刚说：“你们想啊，这一次，我们游戏的地点要改一改，所要寻的宝也要跟以前的不一样。”他接着说：“离我们这一区不远，不是有一个购物商场吗？里面的商店很多，我注意到，这些商店的招牌，好像都是英文的，而用中文做店名的很少很少。我们不妨来玩这样的一个游戏，就是分头到商场里去，把用中文做店名的抄下来，看看谁抄得最多，最少的人得请别人吃家乡鸡，一块也行。我的意思是，中文店名就等于宝，所以这个游戏，也可以叫做寻宝游戏。”

听到这里，我才想起，以前，当我更小的时候，中文店名满街都是，如果要抄，抄半天也抄不完；但是后来，不知道为什么，就越来越少了。现在叫我随便举一个名字做例子，我可是想破了头还想不出来呢。不过我印象中似乎还是会有的。多了，反而就不是宝了，还寻什么？所以我马上表示赞成小刚的建议。问志毅，他也说：“好啊，好啊，只要我走得快，抄得多，赢的人肯定是我。”

说着，搭车来到了商场大门外。志毅喊“一、二、三”，我们就分头出发，寻宝去了。

我们约好了，半个小时后大家在门口碰头，统计结果。

我起先所以赞成这个游戏，一方面是因为我相信我有若干把握，我知道华人的商店，有一种叫做老字号的商店；这种商店的招牌，肯定是用中文的。我只要特别注意这种商店，收获一定比别人多。

我开始一楼一楼地找了，找了好一会儿，看到的跟我心里想的，竟然差别很大，这真是使我感到意外了。我发现我爸爸妈妈说他们年轻时常去的一间金店，现在虽然还继续用原来的名字，但是字体很小，反而是译音的字母更加显著。另一间名字带点老土的咖啡店，打的本来就是以咖啡香和炭烧面包作为广告的号召的，它的招牌，也是中文退居在英文的后面，羞羞答答，这是怎么搞的？还有啊，一间店两种文字，抄的时候，该抄哪一种？当初和小刚、志毅谈的时候，没有考虑到这一点，怎么办？

瓷塑达摩

终于可以不需旁人的帮助，就来到庭院中了。一到了那里，一比较，才明显地发觉屋子里是多么的闷，闷得任何时候都叫人透不过气来。

说来说去都是有轮椅和没有轮椅的差别。有了轮椅，只消双手出一点力，推一推轮子，像现在这样，嘿，人不就立刻来到了鸟语花香的地方了吗？

没有了轮椅，双腿是无论如何也走不动的。太弱了。就算跨个三两步，便觉得支持不住，整个身体不是想向前倾，便是像一支逐渐融化的雪糕，软绵绵地向地面上塌下来。然后只好扬声求救，让还留在屋里的不管什么人（多半是那名斯里兰卡女佣）赶来扶他一把。那是多么尴尬甚至窝囊的一件事！他常告诉自己：病就病吧，为什么要病得这么无助可怜呢？

第一次听见第二位医生也对他做了和第一位医生相同的

判断时，他的确是既惊慌又难过。怎么？这一天难道真的已到来了？可是哭过了无数次之后，他毕竟还是想通了。这条路，是谁都要走的。这只是时间问题。说到时间，都快七十了，还想怎么样？比上不足，比下有余嘛。前些日子读报，不是还读到一则新闻，说一名才二十岁的年轻人，晨运时跑着跑着，就倒地死了。他总是比那个人命长得多。

也许因为来日无多了，他才忽然觉得什么都可爱，也什么都不可爱。这一分钟觉得生机盎然，下一分钟却感到万念俱灰。情绪的变化实在太大了。这种情形，以前是绝对不会发生的。

说庭院鸟语花香，是一点也不假的。笼子里他养了一两年的一只斑鸠，此刻不正“咕噜咕噜”地说着另一只雌性斑鸠才听得懂的话吗？而朋友送的两盆含笑，香味总是那么强烈。

所以前一晚虽然不曾睡好，但他的精神还是很不错的。

他的眼睛向上下左右逡巡着，最后视线落在花盆与花盆之间一尊瓷塑达摩上。那是他非常喜欢的一件工艺品，是很多很多年前他到日本去旅行时买的。他觉得它的造型很别致，很有创意。为了更有机会看到它，欣赏它，他特地从摆设橱里把它移出来，放在现在这个十分显眼的地方。他不要达摩面壁，他要它与鸟语花香，与大自然同处一隅。生命是值得珍惜的，时间是万分宝贵的，他知道。

可是此刻，当他慢慢地推动轮椅，向花架趋近时，他却思潮澎湃，悲与怒交集。他问自己，什么是坚实的，什么又是脆弱的？它们的标准究竟在哪里？它们的性质不是随时都可以调换过来吗？天地悠悠，天长地久，那倒也罢了，一尊摆放了二三十年的瓷塑达摩，怎么可以让它再摆放下去，在他离开这个世界之后？

不，不，不，不能，不能！

他轻轻地拿起瓷塑达摩，观赏擦弄了好一阵子，然后闭上双眼，让它像不胜力似的，从指尖滑落下来。

不到两秒钟，他就听见轮椅旁的地砖上，响起一声物体碎裂的音响。

他的心，不禁也震动了一下。

一串钥匙

有一天，我在睡午觉，而且做了一个梦，梦见邻居借了大耳窿的钱没还，门口被挂了血淋淋的猪头，还喷了漆，写了恐吓的大字报。大耳窿的跑腿还恫言要找我这家邻居算账。怕有池鱼之殃，我吓出一身冷汗。醒过来时，却听到我自家的木门乒乓作响。我正想去开门，电话的铃声响了，弄得我团团转，慌了手脚。最后我决定先听电话。原来是我儿子打来的。我问他有什么事，他说没什么事，只是要知道我在家里是不是很平安。我说我没事，你放心好了，就挂了电话。

天啊，究竟门外是谁，怎么打门的声音这样惊天动地？

我一边说“等一等”，一边抓了钥匙去开木门。这时，我才看清楚了用来打我的门的是一大串钥匙。那么一大串钥匙同时敲击在木门上，发出的声音有多大，多惊人，你想都想得出来。

抓着一大串钥匙的是个年轻的女人，衣冠楚楚，另一只手托着一块写字用的塑胶板。我说："你是……"她没让我把话说完，就说："我从楼下看到你们晒衣服的地方竹竿放得不妥当，这样很危险的，你知道吗？万一竹竿掉下来，打到人怎么办？"说着，她已经踏进我屋子里来了。平时，我是不随便让陌生人进我屋子里来的。不只我，我想几乎所有的组屋居民的态度或习惯都是这样的。尤其是年轻人上班的上班，上学的上学，家里只剩下一两个老人。老人是最容易受欺负的，我儿子就老是这么说。

但是我眼前的这个女人不像是坏人。再说，是女人嘛，又不是男人，能坏到哪里去？不只不会是坏人，而且极可能是政府部门的人。比方说，是建屋发展局的人，要不然，她怎么会管到我屋子里来？还有啊，当她拿钥匙打门时，是多么的有自信。所以从她一进门开始，我就认定她绝对是政府方面的人。其实有些事情，不一定要问，用眼睛观察都观察得出来。

她又到我两个房间里看（我住的是三房式的），然后指出一些必须及时修理的地方。厨房的玻璃窗破了一扇，也应该换新的。我跟在她后面，一直说"好，好，好"。接着，她在托在手里的板上写字了。写了一会儿，要我签名，表示同意装修的项目。我一边签，一边问："要多少钱？"

她说："不多，两千块而已。"我说："这么多？"她说："没关系，你们可以分期付款呀。”

送那个女人出门时，她那串抓在手里的钥匙还叮叮当当地响着。

电话又响了，又是我儿子打来的。我长话短说，告诉了他刚才发生的事。

我儿子问了我一句：“你签了？”我说：“签了。”

“啊呀，”我儿子的声音，“你怎么这样大意！”

我从来没听见我儿子这样大声地对我说话。

只是一刹那间的事

那一天黄昏，像往常一样，十七岁的小男生龙儿驾一辆电单车，载他的女友去兜风，回家时，竟与一辆轿车迎面相撞，“砰”的一声，电单车跳了起来，车上的两个人一个跌倒，一个飞了好几尺高，才掉了下来。过后女的受了轻伤，男的则折断了一条腿，头部也受了重创，昏迷不醒。送院之后，在回答男生龙儿的家长的询问时，医生说：“接下来将发生的状况有三种可能：一、成为植物人；二、过一段时间之后醒过来，但是神志不清，像一个患上失忆症的人；三、完全恢复过来，像一个正常的人一样。”不过，医生补充说：“第三种可能性不大，因为病人毕竟受了重伤。你们作为家长，必须有充分的心理准备。”

回家途中，龙儿的父母亲真是难过得心如刀割。不完全是由于龙儿是他们的独生子（龙儿只有一个姐姐），而且也由于从小龙儿就是一个人见人爱的孩子。他聪明、活泼，同时长得非常的漂亮。他的阿姨们就说了："龙儿呀，你将来长大了，肯定是个帅哥，那时候，你家里的电话一天到晚一定响个不停。""为什么？"龙儿问。阿姨说："因为认识你的女孩子都想跟你做好朋友呀。"

没错，到了龙儿成为一名中学生的时候，他真的比任何一名同学都好看。有些同学还说他像极了演电影的谢霆锋。

功课吗，龙儿也不比同学差。龙儿的父母亲都很高兴，他们除了引以为傲之外，也把希望都寄托在这个孩子身上。可是，现在呢？

不就是那一刹那间的事吗？怎么它对人的一生的改变竟会那么大？

现在，事实已经摆在眼前：事故发生以前那个完美的龙儿是不存在了；即使奇迹出现，车祸的撞击力不曾严重地伤害龙儿的头脑，但是他的腿伤，据医生说，也不能完全治好。他不能跑，也不能跳；也就是说，不能打球、踢球或跳舞等。其实，龙儿的父母想，要是儿子以后还是一个头脑正常的、能思考的人，已经能叫他们心满意足了。现在，一切都不能奢望，都必须作最坏的打算。

真的，一个星期过去，两个星期过去，躺在医院病床上的龙儿，依然没有醒过来。父母亲和姐姐几乎天天都去看他，站在床边"龙儿，龙儿"地叫他的名字，近乎滑稽地跟他说话，他的手指连动也不动，且不要说张开眼睛来看身边的人一眼了。随着日子一天一天地过去，龙儿的父亲免不了越来越担心。他们老是缠着医生问东问西，医生说："发生了这种事情，你们要有耐心，要等。说不定哪一天，你们的儿子会突然间醒过来。我照顾过的病人当中，也有过几个这样的例子。总之，别太担心。"

龙儿的父母只好等了。不幸中的大幸是他们做生意多年，手头还有不少积蓄，否则，就更不堪设想了。

不知道是不是做母亲的虔诚，经常到庙里去求神拜佛，菩萨显灵，大约过了一个多月，龙儿竟然逐渐恢复了神志。他认出了谁是父亲，谁是母亲，谁是姐姐。龙儿的父母亲于是大喜过望，立刻问医生："我们的儿子完全好了？"医生平静地回答："我现在还不敢这么说。因为有些病人，病情是会反反复复的。不过，能醒过来毕竟是值得高兴的事。接下来，再看病情的发展吧。"

虽然龙儿的腿伤距离复原还有一大段日子，但是每逢见到家人，都吵着要回家。经过医生详细诊断后，龙儿终于获得准许，回了家。

表面上看起来，龙儿的头脑似乎没有大碍，他说话虽说得很慢，有时还词不达意，或者记错了某一些事项，但是他能听音乐，看电视，要求母亲买他爱吃的东西给他吃。日子久了，家人渐渐发现龙儿的智力似乎弱了，退化了。他有时表现得比他实际年龄小了好多岁。更怪异的是，他却懂得男婚女嫁的事。有几次了，他还嚷着要结婚，问和他一起发生车祸的女友为什么没有来看他。姐姐安慰他说：“再过几天，等她有空了，就会来看你的。”其实那个女孩子知道龙儿的状况之后，已经表示不再跟他来往了。龙儿的父母亲倒是通情达理的人，他们都说：“这件事也不能怪那个女孩子，人总是现实的嘛，人家不能只顾眼前，要为个人的前途着想呀！”

在家里养病，显得有点无所事事的龙儿，脑子里究竟在想些什么，说起来谁也不知道。总之，除了睡觉那段时间之外，其他醒着的时间，他好像总是会想出一些事情来折磨人。由于腿伤，他只好坐在轮椅上，但是，每隔几个小时，他总会要求家人推他到外面去散散心。这样的要求本来也不算过分，问题是，龙儿的家是组屋，虽说高只三层，但是那一楼没有电梯，必须两个人扛着轮椅，才能上楼下楼，父母是中年人，体力毕竟有限，这么消耗着，次数多了，怎么吃得消？不答应他，他不是哭，就是喊叫。不只家人不胜其烦，久了，邻居也会抗议的，这可怎么办？

还有一点，龙儿一空下来，就想到吃。不给他，他也吵吵闹闹；给了他，吃多了，又没运动，身体开始发胖了。现在的龙儿，已经不是当初那个像谢霆锋的帅哥了。久没见面的同学见了他，都说差一点认不出来。

龙儿的父母亲常常想，也常常提出来谈，儿子目前的情况，是否就是医生说过的第二种情况呢？他会逐渐改善，恢复到车祸前的他吗？咨询过医生多次，都得不到明确的、肯定的答案。万一再过五年、十年甚至更久，还是这个样子，麻烦可就大了。以后父母老了，离开人世了，谁照顾他？

每当想到这些事情，两个做父母的便彻夜不眠。他们还这么想：成为植物人，是不是一定比目前的情形不好？至少植物人躺在床上，不会使疲于奔命的长辈身心交瘁。有时，他们不自觉地会想到更深更远的一层，当初，要是“砰”的一声之后，一了百了，是不是更好？

窗外透进一丝微光，恐怕是天亮了。

刘彬的女儿

摇了个电话给刘彬，我说："刘彬啊，一块儿去旅行怎么样？"

他问："去哪里？"

"越南，"我说，"现在好像是越南热，好多朋友都已经去了，据说那里像还没繁荣起来的新加坡，可以实地怀旧一番。"

"听你这么说，我也想去看一看，但是……"他犹豫了。

我替他给原因："又是走不开？"

"给你猜对了，"他笑出声来，"你是知道的，自从我太太去世以后，家里就只剩下我……"他又笑了，"和我那个宝贝女儿。"

"又是你的女儿！"我说，心里有一点儿不以为然，也有一点儿不高兴。我暗地里想：为什么每一次要出门，都是被刘彬的女儿给搞砸了。

刘彬从我的话里听出我的扫兴，就说："我这个所谓的女儿虽然是领养的，但是一方面她从很小很小的时候（只有两三个月大吧）就来到我们的家，日久生情，我们自然而然的，就把她当作家庭的一分子；另一方面，她实在太聪明了，不管你教她什么，她都一学就会，一点都不需要让我们操心。她又听话，从来不做我们不准她做的事。我太太还在的时候，她跟我太太才亲呢！每次我太太抱着她的时候，我太太总是说，让妈咪亲你一个，你是妈咪最疼最乖的女儿。我太太总是让她睡在我们夫妇中间。留她一个在别的房间，她会喊我们，会伤心地哭。也许她胆子小，怕黑，也怕被人家丢在一边。我和我太太都不忍心。"

我对着听筒，叹了一口气。

刘彬又说了："那一次，你不是也想约我们出游吗？我们答应了，也做了一些准备工作，"他停一停，"这件事，你记得吗？"

"我记得，"我说。不愉快的事，总是会留下深刻的印象。

"记得就好，"刘彬说，"我当时想，寄在亲戚的家，让他们照顾我这个乖女儿几天，哪里知道一回到家，亲戚的电话就来了，说什么我女儿一直吵闹个不停啦，又怎么哄都不肯吃饭啦等，弄得我们不得不当天就把她带回家。真惨！浪费了我们不少交给旅行社的钱。这样的事，我以后再也不敢尝试了。你想想看，多么冒险哪。"

到了最后，我只好说："刘彬，那你这一辈子，不是再也不能够离开新加坡了？"

刘彬"这个，那个"了几秒钟，终于以很严肃、很伤感的声音说："除非我女儿，我女儿……"

我赶紧帮他说了他该说又不愿意说的话："除非你女儿走了，死了。"

刘彬在电话那一头，默默无语。我知道，这时候，他也许热泪盈眶。

认识刘彬的人都知道，他嘴里女儿长女儿短地叫着的，其实是一条美丽的贵妇狗。

乌鸦

一对老夫妇每天清晨，都到住家附近的熟食中心去，一来是吃早餐，二来是看报纸。早餐原本可以在家里吃，但是老先生总是认为那样不算一个节目。一日三餐餐餐都在家里吃，不厌烦吗？在外面吃，选择可就多了，皮蛋粥、经济炒米粉、肉骨茶、豆浆油条、水粿……要什么有什么，即使啃一块牛油面包，都觉得特别有滋味。而且，在人群中一边吃东西，一边看报纸，的确另有一种情调。老太太不在乎什么情调不情调，但是这一点，老先生是很重视的。

食物中心里什么都好，就是有乌鸦常常来觅食这一点不好。有一段时间，政府实行灭鸦计划，执行人员背着枪，一见到乌鸦，子弹立刻飞出去，绝不手软。但是乌鸦繁殖力强，要把它们赶尽杀绝，谈何容易。所以一旦灭鸦的行动松懈下来，乌鸦又到处飞翔，视行人和食客如透明了。有时不识好歹的客人想赶走乌鸦，惹火了乌鸦，它们便会反扑。老先生的头顶，就被一只凶狠的乌鸦啄了好几次。说不上痛，却不免惊慌躲避，狼狈不堪。

跟其他的鸟类比较起来，乌鸦是不容易给人好印象的，它的尊容固然不讨人喜欢，叫声也的确难听极了，但是，如果你尽量去发掘它的优点，它也不是一无是处。乌鸦能够反哺这一点不说了。而且它从来不挑食，这更加难能可贵。老先生除了时常看见乌鸦在食物中心的餐桌啄食人们的残羹剩饭之外，也时常在垃圾堆里发现它们的踪影。老先生当时就想，这哪里是在进餐，根本就是在清除垃圾嘛。它们简直是有什么吃什么，一点儿都不嫌弃什么不卫生啦，不清洁啦，等等。老先生有时过马路，赫然发现马路中间有一只乌鸦低着头，好像在啄食什么，走近一看，原来是一只被车子压扁了的死老鼠！老鼠的尸体血肉模糊、惨不忍睹，乌鸦却旁若无人，且甘之如饴。

过了马路，老先生不觉一路走一路想，他自己，在日常生活中，不也是乌鸦一只吗？由于出身穷困，尤其是在战争时期，老先生过的是饱一餐饿一餐的日子，所以即使到了经济情况好转的时候，老先生吃东西的习惯，还是一直没改。他是好的也吃，不好的也吃。就拿面包来说吧，别人不吃的面包皮，他照样吃得好像十分美味。其实，乌鸦这个并不雅的称号，是老太太给老先生取的。有一天，老太太看见老伴那种虽不饥却不择食的样子，忽然幽默起来，说：“想不到我嫁的是一只乌鸦！”老先生听了也不以为忤，且自我解嘲地、接二连三地把自己称作乌鸦。他说：“乌鸦怎么啦？我倒乐意做一只乌鸦，生命力强，适应力强，到了哪里都吃得起苦，也饿不死。”

所以今天早上，临出门前，进了小学二年级的小孙子要求公公婆婆给他买家乡鸡做午餐，便被公公一口拒绝了。说实在的，小孙子活泼天真，是二老的心肝宝贝儿，但是老先生还是认为好习惯的养成，比什么都重要。娇生惯养，有求必应，不能随遇而安，将来长大了，怎么到社会上去跟其他的人竞争？对了，老先生宁愿他的小孙子从小开始，就跟他自己一样，是一只小乌鸦。

星星

虽然我每天洗脸刷牙之后，总要梳一梳头，梳头时，非照镜子不可，但是我实在不曾注意到，究竟是从什么时候，从哪一天，我的脸上开始浮现了第一颗叫人看了惊心动魄的、褐色而丑陋的所谓老人斑。我的确曾注意看，小心寻找，但是有好长一段时间，我找不到。我找到的，只是老早就钉在那儿的两颗黑痣，以及小时候偷用父亲的剃须刀，不小心留下的一道疤痕。

至于我的手臂，却在至少十年八年前，就已经成为无数的老人斑攻陷占据的地盘了。每一次我低下头，端详着我那一双不复光鲜滑润的手臂时，我的想象力忽然发挥了作用：那些点点滴滴、大大小小的东西，哪里是什么老人斑？它们分明是旅游过的中国的千岛湖！或者说，是示意图上的千岛湖。

我今年八十二了，那么我脸上长老人斑的事，应该是始于我七十五岁。到了今天，我整张脸，简直就成了麻脸。那些斑点，有深褐色的，也有浅褐色的。我十分厌恶那些爬到我鼻尖上的斑点，它使人看起来非常滑稽，活像上了妆的马戏小丑的脸。连我自己看了，有时候都禁不住要发笑。那些躲在眼皮底下的也好不到哪里去。它们像绝了黑色的泪滴。你说，流泪已经不是好事了，何况是黑色的、象征哀伤的泪？

我没学过相面术，不知道长在人中和上唇上的老人斑有没有什么意义，只觉得人中如果是一条沟，那么，沟的末端有石子挡了路，水流不通，不是不顺不畅的象征吗？总之，一定不是什么吉祥之兆。上唇的斑点，就像黑痣一样，叫人联想到媒婆。我可是个如假包换的老汉哪！

我也不知道人的年纪大了，为什么一定要长老人斑？其实我有两三位中学时期的女性老师，到了她们九十多岁，荣归天国之前，我也没有发现她们脸上有什么异于白色的痕迹。一个当了一辈子义工的老太太许哲，该是过了一百岁了吧，在电视上看过她，她脸上哪里有什么老人斑？还有一位满口京片子，唱起京戏来丹田之气十足的文化人，都九十多了，脸上不也还是干干净净的？我只能这样想：她们都保养得好，也就是养生有术了。

常听有学问的人说，老人斑其实是智慧的象征，年纪大了，除非得了痴呆症，否则，人生的阅历多了，经验丰富了，智慧也跟着提高了；要不，人家怎么会说“家有一老，等于一宝”这样的话呢？人老了，长老人斑，是完全正常的。也就是说，老人、老人斑、智慧三者之间有不可分割的关系，作为老人，实在不必为老人斑的入侵而耿耿于怀的。我们应该坦然地去面对它，勇敢地去面对它，甚至光荣、骄傲地去面对它。总之，逃避、退缩都不是正确的做法。

但是，不管怎么说，我还是无法不对老人斑抱着敌视的态度。我希望有一天，高明的医生能发明一种药，吃了，老人斑立刻或者逐渐地消失，使我们在外表上不再老态龙钟。或者打一针，便我们恢复青春年少。

老是这么想着，盼望着，所以有一天晚上，我不知不觉做了一个梦。在梦里，我手臂上、脸上的每一个斑点，都化成一颗美丽的、闪亮的星星，慢慢地飞到了天上。过了不久，谁也分不清无数眨着眼睛的、能说话的星星，哪一些是真正的，哪一些是我的老人斑变成的了。

你怎么啦？

去接电话，那一头传来的是小王的声音：“下个星期天有没有空？”

我淡淡地反问：“什么事？”

“想请你喝喜酒，”小王嬉皮笑脸，“我那个最小的儿子也要结婚了，我做父亲的，得给他办喜事。”

我连考虑也没考虑，就回答说：“对不起，那一天，我没有空。”

机警的小王立刻就听出我的话是在冰里泡过的，说：“喂，你怎么啦？听你的口气，好像不怎么给我面子的样子。”

我心里想：为什么要给你面子，给了你面子又有什么用？小王这个人，我总算慢慢地认识他了。或者说，我并不是不认识小王这个人，而是因为人是会变的，小王当然也会变。当年我认识的小王，并不是现在这个样子，所以我们才能成为好朋友。印象最深的一件事，是当小王找到了女朋友，而女方的家长却极力反对他们在一起，那天小王彻夜未眠，找我到星天下诉苦。我扮演的，是排难解忧的角色。

后来雨过天晴，小王终于抱得美人归，而且一口气就生了好几个孩子。岁月如流，转眼孩子都长大了，一个个娶的娶，嫁的嫁。尽管小王做了老板，事业一帆风顺，跟我见面的时间一年不会超过两次，但是到了家里有婚嫁的事，总要拉我去凑个来宾的数。到了宴会上，小王又不理睬我，只一心一意地跟他那些生意伙伴谈笑、劝酒。被冷落的我，心里实在很不好受。有时在某些场合见到小王，他总是一边拍我的肩膀，一边说："啊呀，我们这两个老朋友，实在应该多找机会聚一聚，就算吃吃咖喱鱼头、肉骨茶什么的都好，我请客。"他拍胸膛的声音很响。好几年过去了，我可什么都没吃到。但是到了另一次见了面，小王相同的话又搬出来了："啊呀……"我听了不冒火是假的。但是为了所谓礼貌，我还是说："再说吧，大家都忙。"我想这么说，他下得了台，我也不太没面子。

总之，一二十年过去了，小王的咖喱鱼头和肉骨茶的滋味究竟怎么样，我还没有机会知道。

有一次，在一个聚会上跟他同桌，他告诉我，就要到太平洋的一个小岛上去谈生意，住旅店，一个人。我问他："我能买张机票跟你一块儿去吗？到时候你睡大床，我在旁边搭个铺，节省一点旅店的钱。”

小王面有难色，支吾了半天，才说：“我没有骗你，我经常住的那家旅店，是不能搭铺的。”

我说：“那就算了。”不过心里并没有“算了”。就算小王所言属实，特地替个穷老朋友破费另租一间房，还不过是拔九牛之一毛？他就这么现实？这么不讲交情，不念旧？

总之，我对小王这个所谓的老朋友，是百分之百死了心了。而且我也下定决心，不再花费精神、时间、金钱与他周旋。他有他的世界，我有我的世界。再说，我年纪一大把了，对于余生，应该有更明智的利用的方法。得罪不得罪，已经不是个需要慎重考虑的大问题了。

所以，当小王问我：“你怎么啦？”我应该轻描淡写地回答：“没怎么。我只是累了，很累很累。”

计划

谢先生一向是最重视计划的。要不然，早在十多年前，他怎么会因为工作有计划而得了一个大奖。大奖的内容除了一座漂亮堂皇的银杯外，还加上一张双人旅游纽西兰[1]的飞机票。对于和同事比较起来，很少出远门的他来说，那次玩水游山，给他们夫妻留下了异常深刻的印象。谢先生对太太说："原来人生在世，工作之余，还可以到处去散散心。将来我退休了，不必再工作了，一定要带你到世界各地去增广见闻。这就是我许多计划中的一项计划。有了计划，等于是成功的一半。"他还说："前些日子，退休的年龄规定是六十岁，最近延长了两年，改为六十二岁。这样也好，到时候，我可以多存一些钱。钱多一些，用起来当然方便一些，不必

①纽西兰：即新西兰。

斤斤计较。再说，现在的人，不论男女，寿命一般都比老一辈的长了，六十二岁，其实还是挺年轻的，只要不生病，往后的黄金岁月，还可以好好地度过呢。”

说这话时，谢先生才五十多岁；可是一转眼，也轮到他离开工作岗位的时候了。是的，谢先生也是六十二岁的人了。同事、上司欢送他之后不久，他就办完手续，领了一笔高达八十万左右的退休金。虽然说目前银行利息低，把这笔钱作为定期存款，根本赚不到几分钱利息，但是即使利息是零，也无所谓，整整八十万哪，又不需要留给儿女（儿女各有自己丰厚的收入），夫妻两个人，只要不挥霍，不赌博，有生之年，怎么用都用不完。这一点，谢先生是很有信心的。另一方面，谢太太只有偏头痛这个小毛病，谢先生自己呢，一年定期检查两次，医生都说他的胆固醇偏高，其他的没有大碍。谢先生自己也觉得他的健康情况很不错，能吃能睡，还经常散步运动，包括打羽毛球。

总之，现在是他好好用他那八十万现款享受人生的时候。所谓苦尽甘来，谢先生甜蜜的日子肯定会接踵而来的。旅游的目的地，谢先生第一个选定了中国的张家界。他常听旅游归来的亲友谈那个地方，听得他羡慕不已。现在他和老伴可以不落人后了。

下机后的第二天，谢先生夫妇和其他的团员被安排来到天子山下。抬头一望，山峦叠翠，赏心悦目。导游说：“大家可以坐轿子，也可以步行上山，悉听尊便。”谢先生想：“七老八十的人才非请轿夫帮忙不可，我这个年纪，登数百级石级的事还不视为什么畏途。来来来，快点上，快点上。”谢太太头一抬高就晕眩，索性坐在山脚下休息。

谢先生一边走还一边高声说话，一副硬朗壮健的样子。

可是不久之后，他的步伐慢下来了，说话的声音也低沉了，而且气喘吁吁，脸色由红转青转白。忽然，他一个踉跄，跌倒在地上，吓得导游冷汗直流。长话短说，反正对谢先生来说，这一次行程，也就是他人生最后的一程。

其实，连谢先生自己，都不知道他有心脏病。他拟订错了这一生的计划。

五个手指头

罗太太打点两个年幼的孩子入睡，自己正想趁机休息一下，电话铃响了。

去听，才知道是精神病院打来的。她还没问清楚是什么事，心里就先禁不住吓了一跳。原因是自从她父亲罗老先生住进去之后，这一年多来，病院连一次电话都没打来过。那肯定是出了什么事，紧急的事。要不然，她一个星期到病院去两趟，等见了面再交代不就成了？

问护士，她只说："你尽快到医院来就是了。"再问她："是不是我爸爸有什么生命危险？"护士的回答是："没有。"听了这句话，罗太太才放下了心里的一块大石头。

放下听筒，吩咐女佣照顾两个已经熟睡的孩子，罗太太就匆匆忙忙赶往病院。

一路上，一些跟罗老先生有关的生活片段，像雨中池塘里的鱼儿一样，纷纷浮上水面来，浮上她的心头来。她总觉得爸爸这前半生，事业起起落落，什么酸甜苦辣的滋味都尝遍了。父亲做建筑业，有一段时间，可以说做得得心应手。那时，她们一家住的，是独立式的洋房。父亲生性喜欢交朋友，十分好客，所以家里到了周末，总是高朋满座，上菜之后，饮胜[1]之声，不绝于耳。那时候，父亲总是笑口常开，脸上健康与快乐的红光，在辉煌的灯火里闪闪烁烁。

可是，也许由于野心太大，房子建得太快太多，一时周转不灵，又碰到经济情况不理想，房子供过于求，连关系良好的银行都公事公办频频逼债，虽表示很同情，很遗憾，但是爱莫能助，把那间独立式的房子也封了，弄得只好面对现实，改住三房式的组屋。父亲的脾气、健康状况，甚至精神状态，都逐渐走下坡了。令他完全不敢相信的一个事实是，那些过去要好得不得了的朋友，怎么忽然间便都消失了踪影？父亲在人前，变得意志消沉，变得对自己没有信心了。不知道从哪一天开始，她发现父亲有了口吃的毛病。在以前，在他意气风发那段日子，他是完全没有这个毛病的。有时，父亲拿杯子的手，拿碗、拿筷子、拿汤匙的手，也像在地震中一样，无声地抖了起来。是老化的现象吗？肯定不是。父亲还不到六十，怎么能算老？罗太太即使在饭桌上发

①饮胜：广东话，干杯的意思。

现了这一点，也每每假装看不见，不忍心指出来，怕父亲知道了难过。

说到父亲的手，自然而然就会想到他老是要拿右手来数左手的指头的事情。他总是一边数一边喃喃自语。多数的时候，她会听到一两个她熟悉的父亲朋友的名字。接着，父亲叹息，而且频频摇头。然后说：“不不不，他不算，这个人不算，他已经很久很久不跟我来往了。”或者说：“奇怪！怎么算来算去，总是算不到五个？我不是曾经有超过五十个甚至一百个朋友吗？”

起先，罗太太听着父亲说着这样的话，倒并不怎么在意。老人家嘛，啰唆一点是有的。但是这种情形越来越重，罗太太不得已，只好带父亲去看精神专科医生。诊断的结果是：罗老先生的精神状态的确有点异常，最好送到精神医院去进行更详细的检察和治疗。算一算，这段时间，他的病情虽然没有好转的迹象，但是也不致每况愈下。至少，把父亲留在病院里，钱是花了不少，好处是她比较放心。罗太太有两个孩子要照顾，先生工作又忙，没有剩余的精力照顾生病的老父亲。

的士很快就停在病院前面，罗太太以比平时快的速度，来到父亲的病房。

她看见床位不是空着的，心才稍微定了下来。只是躺在床上的父亲，左手掌却包扎着白布。是怎么一回事？问了护士，她说："你父亲刚才不知道从哪里找到了一把剪刀，把自己的一只小指头剪下了一截，结果血淋淋的，把他的衣裤都染红了。幸亏我们发现得早，才赶快把剪刀抢走了。"罗太太正想插嘴问什么，护士接着说："当时你父亲一边举起剪刀想继续剪其他的手指，一边说'我现在一个朋友也不要！一个朋友也不要！'……"

教唱歌的皮老师

退休之后，我闲着没事，最喜欢到联络所等地方唱卡拉OK了。

我儿子有一天对我说："老爸，你为什么不找个老师，好好地学唱歌呢？"我儿子知道我虽然爱唱歌，但是唱得很烂。

结果我就成为一位姓皮的中国男老师的学生。

我参加的是大班。一班大约有二十人。有时超过有时达不到这个数目，因为流动性很大。

据说皮老师是文工团出身，而不是音乐师范学院毕业的，所以有些学生私底下批评他教唱歌不够专业。但是我想，大名鼎鼎的宋祖英不也是文工团出身的吗，她还能远赴维也纳去表演呢。

皮老师教唱歌的情形，我个人没多大意见；我有意见的是他时常缺课。缺课的原因包括回家乡度假，参加别人主办的演唱会，到职业的演出团体客串，等等。这都不要紧，要紧的是不补课。我听说别的歌唱老师缺了课，是会补课的。一个星期才上一节两小时的课，不能叫学生吃亏，也不能使学习被打断呀。另一点我对皮老师不满意的是，他时常拿了一些演唱会的票到班上来，劝学生买。有些价格还不低呢。虽然买不买是学生的自由，但是当班长分送到我们面前时，他的眼睛总是定定地盯着我们。那不是成了变相的强迫吗？皮老师毕竟是我们的老师，我们得罪得起吗？所以遇到这种情形，总是感到左右为难。

每隔一年半载，皮老师会举行师生演唱会。这是好主意，我个人本来就是个好出风头的学生，举行演唱会就意味着我有登台演唱的机会了。皮老师的作风我是知道的：歌唱得不够好没关系，最重要的是演出前我肯言听计从，到他家去让他雕歌，也就是把在演唱歌曲时的毛病挑出来。挑一次，收费是六十块钱。我已经付了好几次这样的钱了。

对了，学唱歌，不是得有碟子吗？别看皮老师的碟子上面分明印着“非卖品”几个字，其实是卖钱的，一张十二块，比别人的大约多了七块。原因是里头的歌都是皮老师自己唱的。你找同名的歌曲来学唱，皮老师压根儿不接受。有时皮老师也会拿不是我们要学唱的歌的碟子来卖给我们，价格当然很高。

最叫我们吃不消的是，每隔不久，皮老师就会举办一次聚餐会，一桌三百块，可以请亲戚朋友一起享用。我儿子就被我硬拉去吃了两三次，拉得他直叫：“老爸，你饶了我吧。”有些孤寒又计较的同学说：“皮老师不知从餐席中赚了多少钱。”我心想：现在一切都向钱看，皮老师只是随俗，能怪他吗？批评皮老师的同学，未免太小气了。

大歌星的小故事

当一位歌友邀我去参加一次歌唱表演时，我立刻欣然接受了。不是因为我自以为我的歌艺绝对到了可以娱人的水准，而是因为这一次的表演，对象是一间老人院的老人。这一类听众，就算你唱得差一点，他们也不会见怪的。再说，碰到不知内情的朋友，还可以向他们夸口，说自己是在进行回馈社会的工作呢。

但是可怎么也没想到就在那天晚上，我竟然在那里见到了我的一个老朋友——彭水屏。

彭水屏是当我和她常在一起时叫她的名字。她和我不同，我是个歌唱爱好者，而她却是个颇有名气的歌手，所以不提她的艺名，是不会有人知道她是谁的。年轻的时候，彭水屏为了生活，在歌台唱了一个时期的流行歌曲。现在回过头来看，她那时唱的歌，也就是所谓的老歌了。时间过得非常快，我有时把昔日的岁月和眼前的时光，都混淆在一起了。

我所以认识彭水屏，是因为在好几年前，我是个老歌迷，不但听，也唱。起先是彭水屏在台上唱，我在台下听。我最欣赏她那首轻巧、活泼的《香格里拉》。接下来，我也常到后台去拜访她，一种丝毫不含爱意的拜访。再到后来，每到星期天，她的公寓，竟成了一班歌友们聚会的场所。那时候，我们都可以“小彭，小彭”这么亲昵地叫她了。

不过不久后我的兴趣从老歌转向民歌和艺术歌曲，我的歌友也顺理成章地换成了另外一批人，而我的活动圈子也不同了。有时读报，知道了一点有关彭水屏的好消息和坏消息，很想去看看她，可惜一天拖过一天，终于不曾实现这个不大不小的心愿。

哈，此刻彭水屏又出现在我的面前。她应该是当晚活动的贵宾吧，看得出每位负责人在介绍她时，言语中充满了对她的期待与骄傲。她却显得很平易近人，很有爱心和善心。

当她唱着那首几乎每个人都熟悉的歌《月亮代表我的心》时，看得出她想尽量跟老人们打成一片。

不过由于她还是个大忙人，在唱了几首包括《香格里拉》在内的歌之后，就要提前离开。我赶紧抓住机会，跑到她面前，说：“小彭，好久不见了，想不到在这里见到你。你好吗？”

彭水屏虽然伸出手来，却盯了我半天，说：“你认识我？”

邀请我参加表演的朋友刚好站在我旁边，赶快打圆场：“彭小姐是大歌星，有谁不认识。”说完，大家都笑了。我的笑，当然有若干尴尬的成分。过后这个朋友问我：“你不知道彭水屏一度因为脑瘤入院开刀的事吗？”

神经有问题

“我儿子神经有问题。”每天早上都到菜市场附近来跟我们一块儿喝咖啡的老江这么说，“这话，我只敢偷偷地跟你们两位说，万一给我儿子知道了，他一定很生气，说不定还会打我呢。”

我认识老江大约有好几个月了。我和他除了喝咖啡这段时间，平时是不互相接触的。到底我们是萍水相逢，要是我不到菜市场买菜，不到咖啡店喝咖啡，我恐怕就不会跟老江交上朋友了。另一位姓杨的也是。反正都是住在宏茂桥新镇的人。

其实老江并不是第一次提到他儿子。从谈话里知道，他似乎就只有这么一个儿子，二十多岁吧，已经结了婚，有一个一岁多的小女孩。他总是在读过了报纸（是老杨买了带在身边看的）上的国际和本地的新闻之后，才有一句没一句地扯到他儿子身上去。不过到了最近，谈他儿子的事总是谈得比较多，这就是为什么到了今天，我们才知道他儿子所谓神经有问题这件非常私人的事情。

老杨放下报纸，问："你怎么知道你儿子神经有问题？"

"那还不容易。"老江两只眼睛瞪得好大，眼球也似乎有点凸出。每当这个时候，我都不敢正视他，故意把视线移到报纸上。"只要看他干的一些勾当，就知道了。比方说，他总是要弄坏我的眼镜，我的手表。你们知道吗？我光花在买眼镜和手表上的钱，少说也有五六千块。"老杨问："他是怎么弄坏你的眼镜的？"这个问题我也想问。

老江想了一想，说："他总是把玻璃镜片打碎。"

我们都说："你也可以改用塑胶镜片的啊！"

"不行，不行，"老江赶紧回答，"我不习惯用塑胶镜片的眼镜，太厚。"

老杨又说："你戴在脸上，你儿子又怎么弄坏？"

老江的眼睛变成了金鱼的眼睛了："他会抢呀！我年纪大了，气力小，动作慢，哪里阻止得了他？"

"那么手表呢？"我好像在找老江的碴，弄得他禁不住露出几分不悦的神色。但是他还是不得不回答我抛给他的这个疑问。

老江稍一踌躇，告诉我们："他都是在我睡觉的时候从我床头偷去弄坏的。不是把玻璃敲碎了，就是乱转乱转的，弄得长短针都不能动了。"

到了经常闲聊的这一天，我和老杨都没见过老江的儿子，不知道他究竟是怎么一个人，他的精神状态怎么样。他难道是个疯子吗？

我们都不敢在老江面前提到“疯子”这两个字，不过，照老江那么说，他儿子肯定有问题，应该去看医生。这么建议了，老江却说：“我跟他说过很多次了，但是他不肯去。他还说，他没有毛病，有毛病的是我。你们说，好笑不好笑，居然说有毛病的是我。”说到这里，老江笑得前俯后仰，“哈、哈、哈、哈、哈、哈……”

珠的故事

一个老朋友约我到一间有冷气的餐室喝茶。那是一间大众化的餐室，卖各种本地的熟食。因为早过了午餐时间，餐室冷冷清清的。“想不想听我讲故事？”朋友忽然这样问我。

“好啊。”我说。

朋友说，“我就讲珠的故事吧。”

“珠的故事？”我问，“你是指珍珠的‘珠’？”

“可以说是，也可以说不是。”朋友故弄玄虚，“其实我要讲的是人的故事，一个女孩子的故事。”

“那你为什么说是珠的故事？”我追问。

朋友立刻回答：“因为故事中的这个女孩子的父母亲非常疼爱这个女儿，把她视为掌上明珠。而且，她的名字刚好也叫明珠。”

我自作聪明地说：“那这对父母亲其他的孩子一定都是男的，也就是说，他们只有一个女儿。”

朋友摇头说："不，他们没有男孩，明珠是他们唯一的女儿，所以打从一出世，父母亲就把她当宝贝一样地看待。"

我说："生长在这样的家庭里，实在太幸福了。"

朋友说："那就要看你给幸福下的是怎么样的一个定义了。就算明珠当时过的生活是幸福的生活，那还要看这样的生活能维持多久。你知道吗？明珠的父母，是不能永远守在女儿身边的。有一天，他们会老去。当这一对父母老去的时候，甚至不在人世间的时候，明珠竟然还是孤家寡人一个。"

我打断了朋友的话："她为什么不结婚？"

"她是有做过这方面的尝试的，但是尝试了几次，都不成功。明珠的父母临死时最不放心的，就是女儿还没有成家。他们很难想象这个由他们带到世界上来的女儿将来形单影只地度过她的下半辈子。但是他们的确是爱莫能助的。"

我叹了一口气："这样看来，明珠的一生，并不真正是幸福的一生，尽管她小时候得到父母这么多的爱和照顾。"

想了一想，我问："明珠现在还在吗？"

"还在。"朋友说，"不过她已经是个六七十岁的老妇人了。"

"你还见过她？"我问。

朋友表情凝重地说："其实你也能见到她，因为她就在这个餐室的一角吃东西。"朋友用眼神示意我看。

我含蓄地望过去。那就是明珠吗？就是童年时父母的掌上明珠？不，她只是一个白发苍苍的老妇人，落寞而孤独。

一桌的老朽

每天早晨，当我和老伴一起到菜市场去买菜，在经过熟食中心时，总是看见角落坐了五六个上了年纪的男顾客。

我注意到，每一次，他们喝的都是咖啡或者茶水之类的东西，而且一坐就把自己坐成了塑像。要不是嘴巴在动，声音传开来，你一定不会想到他们都是活生生的人。很明显的，他们都是先在各自的家里吃了早餐才聚到这里的。说到他们的关系，也许本来就是朋友，甚至是老朋友；也许起初不认识，见了几次面，熟络了，也就变成朋友了，要不，怎么聊得起来，而且还聊得那么起劲呢。

我是个好管闲事的人，根据我细心的观察，里头那个长了许多老人斑的，年纪恐怕最大了，该有七十吧，或者接近八十？老人斑密密麻麻的，不只布满了两边的手腕，而且把整张皱纹无数的脸也霸占了。记得前些时候见到他时，老人斑的问题并没有这么严重。真是岁月不饶人哪！

另一个乍看时似乎比其他的人矮了一大截。细看时，才发觉他其实并不是武大郎，不是三寸钉，而是他在前些什么时候患上骨质疏松症了。也许情况十分严重，结果腰椎折了，使他的胸一直挺立不起来。真可怜！虽然他走路时带着拐杖（那根拐杖每次都搁在他的两腿之间，毫无掉在地上的危险），但拐杖也帮不了他太大的忙，仍举步维艰。

五个人中，只有这一个是个胖子了。也许担心肚腩太大，过分凸出，不雅观，他特地让齐裾的夏威夷短袖衫露在裤子外面。但是扣上纽扣之后，最低的那颗纽扣还是不曾充分完成替身体遮遮掩掩的任务。我看得见里面一件颜色往往显得刺眼的背心。别人都不抽烟，他抽，而且是雪茄。当你看他右手上的雪茄时，当然也会注意到他中指上戴的一只镶了巨型石头或者宝石的戒指。这位老人家家里肯定是有几个钱的。有时坐在他旁边的那一位是以前在菜摊卖菜的。

那时他总是穿着一条短裤，一件往往见得到破洞的无袖背心，给人脏兮兮的感觉。他卖的菜等次不高，常看见有些白萝卜啦，黄瓜啦，中国菜心啦，是有点烂的。我总是在别处买不到韭菜时才会勉强光顾他的摊子。不知道为什么，他的韭菜，货源不断。

应该提到最后一位了。如果我没记错，他是多年前一间邻里小学的校长。恐怕已经退休了。看他头颅光秃秃的，少说也有六十五岁左右。有一年，我和老伴带一名孙子到他的学校去报名，见过他一次。那时的他，只是稍微有点地中海，头发还没掉光。真没想到他跟其他的那几个人居然混得来。难道他不会有话不投机的问题吗？要是换了我，我才不会无聊到去跟他们为伍呢。犯不着！

啊呀，上面说的，其实都是好久以前的事了。自从几个月前我那个老伴不良于行，整天窝在家里之后，每天都是由我一个人去菜市场。我买了菜，不想马上回家，便挤进那一桌去，跟他们天南地北一阵子。打发时间嘛。一桌的老朽，现在增加到六个了。

附录

作为市民文化而存在的文学
——论周粲的微型小说

邵德怀

审美选择与都市文化的碰撞

周粲是新加坡著名诗人，近两年来开始尝试微型小说创作。激起他产生这种新尝试念头的原因是多方面的。从主体上说，他是一个性子比较急的人，习惯在短时间内完成一篇作品。写微型小说，虽然构思时间有时并不短，但一旦起笔往往可以在较短时间内告一段落。创作微型小说，是他创作个性的必然选择。从客观上说，中国大陆和台湾所出版的微型小说的移入，对他的艺术思维形成了冲击，从而使他对体式的选择找到了现实依托。还有一个客观原因，即文学创作的一个重要环节——出版方面的原因，那就是新加坡报刊篇幅有限，编者比较欢迎短稿。对作品出世渠道的考虑，显然也制约了作者对文学样式的选择。正是主观和客观原因的双向影响，周粲近年的文学创作，在体式方面进行了新的试验。

微型小说作为小说的一种，周粲是在主观和客观双方面因素的决定下选定它的。那么，周粲微型小说的文化内涵的取向，又是什么所决定的呢？

新加坡有其独特的社会文化环境。它的社会物质发展水平比较高，作家在文艺观念上一般不会受到强行规范，读者多层次的、多方面的阅读要求也能够在创作界体现出来，并基本获得满足。在这个商业化的都市社会，由于世态和平、经济稳定发展，普通读者对文学的要求，很容易趋向于娱乐性和消遣性。在这种文化环境下，新加坡作家即使不像香港作家那样较少考虑文学的教化作用和社会功利，起码也要考虑如何使自己的创作适应一般读者的接受心理。周粲一方面要坚持自己基于艺术追求的审美选择，另一方面要接受读者由于娱乐要求的挑剔。在审美选择与读者挑剔两者间，向任何一方倾斜，对他来说都是困难的。为了艺术牺牲读者？为了读者牺牲艺术？他没有做这种非此即彼的选择。周粲毕竟不是一位背离社会人生的作家；他面临的毕竟不是一个民族矛盾异常尖锐的非常时期，不是一个需要作家为了民族牺牲艺术，完成人格的时代。从微型小说的创作实践看，周粲似在竭尽力量将两者协调起来，将它们统一在自己的创作活动中。可以说，他的微型小说就是其审美选择与新加坡都市文化碰撞后分娩出的新生命。

伦理文化：内在的支柱

在新加坡居民中，华人约占总人数的百分之七十五，他们中的相当一部分是土生土长的华人，中国传统文化对他们的影响，还没有完全消失。椰风蕉雨对人的血缘的改变，远远落后于对人的肤色的改变。以他们为主要表现对象的周粲小说，与中国传统文化的关系必然是千丝万缕的。况且，周粲本人也是一个华人。

人伦在中国文化中是一项重要内容。通过人伦，很容易观照海内外华人的性灵和生活常态。周粲微型小说的取材是多样化的，但是它们的内在支柱始终只有一个是主要的，即伦理文化。周粲的微型小说近半数是从家庭、婚恋的伦理角度切入正题。这个统计数字，至少暗示了伦理文化在周粲小说中所居的位置。

以伦理文化为支柱的周粲小说，具有传统的道德批判色彩。它们虽然首先是作为文学形式出现，但并不缺乏社会功利因素。《意外》写的是一个高级中学毕业生找女朋友的故事。"他"不像他的同学，希望在那些学历和自己差不多的女性中找朋友。"他"看重的是对方的容貌，希望的是对方能当个家庭主妇，而且想利用学历上的差异，使对方尊敬和崇拜自己。然而，"他"对女性独立人格的蔑视，终于使"他"失去了爱情。作者给予"他"的是一种善意的讥讽和劝告，寄寓的是一种"回头是岸"的希望。《等待》写的是一对男女的爱情的迷乱和苦涩。情投意合，使“她”对“他”尊重而信服。为节约车费、建立家庭，“她”下班总是等“他”为公司所开的车子顺路载回家。然而，“他”最近又迷上了玉女歌星，夜深人静之际，还陷于玉女的缠绵歌声，不愿离开沙爹俱乐部。在“她”无望的等待中，可以看到作者对杯水主义者式的浮浪男子的鄙视。

在《意外》和《等待》中，周粲对不义男子所抱的态度总的来说还是比较宽厚的，有那么些温柔敦厚的味道。但作者并不是主张一个无论是非、扯平则已的和稀泥角色，他的感情向背在道德观念上，表现得十分鲜明。《报复》描绘了在恋爱生活中，一个“不堪寂寞”者的嘴脸。“他”爱上澳洲女郎时，可以随意抛弃新加坡女友；与澳洲女郎小别时，又可以在新加坡另觅新欢。但当澳洲女郎与“他”分手时，“他”却愤愤然谴责对方“欺骗我纯真的感情”。作者为“他”安排的最后一幕戏，充满着辛辣的讽刺意味：“他”给澳洲女郎去了信，信称“收到这封信时，我已经不在人世了。我是从我家的那一层高楼跳下去的。”投信后，却又打电话约“他”的新欢去喝咖啡了。面对这个卑劣的灵魂，作者给予的是强烈的谴责和鞭挞。

周粲微型小说的伦理文化观念，具有一定的开放性。也就是说，他在创作时，并不一般地囿守于道德观念上的人伦描写。新加坡在地理位置上，是中西文化交流的一个活跃地带。在现代文化清风的吹拂下，周粲也醒悟到了传统人伦文化与现代文化间的距离，感受到了彼此间的中突以及由此引起的当代社会人的困惑。《女大》中的林大嫂，在一定意义上，我们可将她视为传统文化观念的一种象征。女大当嫁，嫁谁呢？这是女儿自己的事。林大嫂却为此颇费踌躇，艾立特戴眼镜的样子，她觉得邪了点；曾志江的家境，她为女儿吃了一惊；陆大伟个子矮，她觉得同长腿女儿不相配。而女儿呢？却未必能接受她的见解。小说没有将林大嫂女儿的婚嫁故事述至结局，但林大嫂即将面临的大伤其脑筋的事态，却已经依稀可见。生活留给她的，必将是一连串的问号和不解。

由于伦理文化的伴随始终，也由于都市平民生活的较广泛地进入，周粲微型小说在新加坡社会中，渐渐形成了异乎常态小说的个性，从而发展成为一种独特的市民文化现象。

市民文化意识

出现于本文中的市民文化，是个中性词。使用这个概念，既基于周粲微型小说的实际，又出于圈定周粲微型小说的需要。

在当今都市社会，市民文化显然占据整个社会文化的主要地位，至少在数量上是这样。在和平安宁的时局下，更是如此。虽然市民文化的地位，还不至于达到非我莫属的高度，但高屋建瓴的作家，乃至稍清醒一些的作家，都会在四围感受到它的气息。这就是市民文化的普遍意义。

应该肯定，现代都市社会许多作家的市民文化意识都已渐渐觉醒。周粲的小说，甚至可以说就是以市民文化的外观存在于世的。

作为市民文化的存在物，周粲微型小说时时洋溢着一股温馨的平民精神气息。在他的小说中，很难寻觅高蹈于平民之上的凌人盛气，也很难见到足踏于平民之上的俯瞰眼光。

这里有渊源流长、存于凡尘的人伦关系；有千金难买、失却难再的人情；有嘈杂的人世喧嚣，也有令人动容的寻常人生。《球》表示的是“我”“得回了一粒篮球，失去了一个朋友的遗憾。当初，篮球被丘弘弄丢时，“我”想到的唯有一个问题：在父母面前不可交待。于是连催带逼，迫使丘经弘在缺钱的情况下，迅速新买了一只篮球偿还。当“我”为此失去了朋友的友情后，终于陷入了深深的歉疚。物失当还，本是常理，然而“我”怎能这般催逼，这般将彼此间多年的情份抛往脑后呢？给人触动更大的，可能是《飞，鸽子飞！》中那个企望飞回故土却又不能如愿的孤独的灵魂吧？！“她”中学时代在狂热的政治思想冲击下，离开故土、离开家庭，到遥远的地方去干轰轰烈烈的伟大事业。为了成行，“她”不惜损伤父母的心，与他们断绝了联系。在梦幻破灭后，为了生计，“她”辗转到了新界，仓促地嫁了一个以养鸽子为生的男子。从此后，有悔恨，有痛苦，也有眼泪，独独没有人来听“她”倾吐心声。唯一的安慰，就是在每天黎明时分，低声嘱托那群可人的鸽子：“飞，鸽子飞！飞向远方！”这是时代、家庭、个性和理想交错影响下，所诞生的一个普通人的悲欢。

阅读周粲的小说，会有一种轻松愉快的感觉。作者提供给读者的，是一个以轻松晓畅的语言、简明紧凑的情节所组构起来的世界。作者也有自己的思考，但这些思考都被他自如地织进了故事的发展过程。因此，读者可以一口气读下周粲的好几篇作品，而不会有绞尽脑汁、究其底奥的痛苦，这也正是市民文化的重要特征。

精致文化与平民文化间的第三条路

作家创作的文化取向，是作家主体的文化素养和社会的文化需求共同选择的结果。也就是说，文化素养和文化取向之间，并不存在一种单纯的决定和被决定的关系。

据说，有位美国学者把文化分为几种不同的形态，其中有一种叫精致文化，还有一种叫平凡文化。前者代表着时代精神和时代智慧；后者的内容不一定特别严密，但它是群众娱乐的必需品。周粲的微型小说作为市民文化，似可纳入平凡文化的范畴。但若深究一步，我们可以发现，这样归纳又不尽科学。因为周粲的作品，包括他的市民文化小说，既有平凡文化的气息，也有精致文化的气息。我觉得，周粲似乎想在精致文化与平凡文化间走出第三条路来。正如上述，周粲是有自己的艺术追求的，他的作为市民文化而存在的微型小说，又是在他的审美选择和都市文化的碰撞下所诞生的。他想在创作中，既坚持自己的艺术追求，使作品能经得起时间的考验，并在历史上留下一缕悦耳的回响；又尽力调整自己的作品同普通市民读者间的关系，以期得到他们的欢迎。他的微型小说，正是他走“第三条路”的产物，我们怎能简单将之归属于平凡文化呢？

《恶魔之夜》《蛇穴》等作品，我觉得格外值得重视。因为它们兼具精致文化气质和平凡文化气质；作为走第三条路的实践结果，它们显示了周粲艺术追求的实绩。

这些作品的可读性依然很强，对普通读者不乏吸引力。

另一方面，它们所提供的略带象征意味和神话色彩的故事，对人们所形成的思想和艺术的刺激，又绝不亚于精致文化。

因此，我们不得不对它们刮目相看。《恶魔之夜》中，“年轻人”为了维护包括自己在内的全村百姓的安全，勇敢地站上了防守恶魔的岗位。但他无论如何也料想不到，其他岗位上的“卫士”却畏首畏足、藏身于屋内了。结果单枪匹马的他，被恶魔轻而易举地当作美餐吞下了肚。《恶魔之夜》至少包涵了两层含义：其一，只顾一己自我，置使命于道旁的人，苟活了生命；为了公众，忠守使命的人，却无辜地丢了性命。其二，人与人之间的契约关系（值夜防守恶魔，是全村人共同订下的契约），原来竟是如此遭到践踏的。当然，作品可能还有更深的寓义。不过，据此我们已经可以认为，《恶魔之夜》向读者提供的内容是十分丰富的。你可以怀着消遣的目的去读它，但同时又能从中得到远超出于消遣需要之上的东西。《蛇穴》同样也是如此。为了获得某地某山某洞穴里的黄金，村民们不惜以生命为代价，冒险前去偷盗。虽然不断有人葬身于守金巨蛇之腹，但日复一日，年复一年，仍然有一批批冒险者列队进出。这个盗金故事所包含的意义，是具有普遍性的，它启发人们联想到人类群体的某种行径和遭际。

新加坡教育部政务次长陈原生在第二届华文文学大同世界国际会议举行之际曾发表讲话，希望东南亚华文文学作家在创作中，努力将内容扩大到人类普遍性的问题上去。周粲的上述创作，是否表现出了朝这个方向靠拢的迹象呢？如果周粲更加自觉、更加大步地走他的第三条路，并且更深刻地思及人类具有普遍性的问题，那么我想，他的小说创作一定会取得新的突破。